KB269144

전한서 지음

화지야, 짜이 날

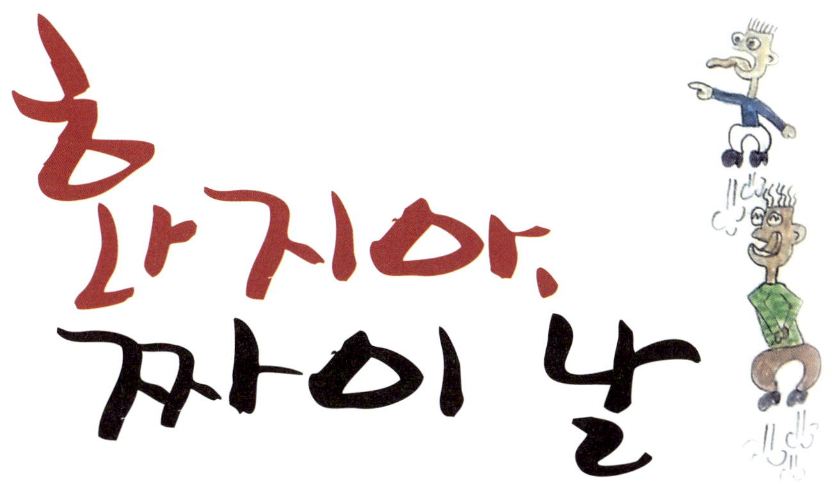

지식과교양

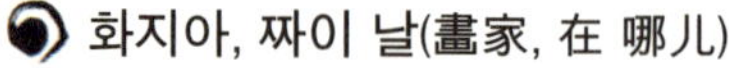 **화지아, 짜이 날(畫家, 在 哪儿)**

중국어를 소리 나는 대로 적은 것으로 '화가는 어디에 있을까?'라는 뜻이다.

"워, 황지아. 니, 기프트."

·

·

·

"또 작업이야?"

2011. S.K

"이곳은 한국과 인연이 깊은 곳입니다."

·

·

·

"야, 이런 유서 깊은 절에 웬 한글이냐.
참 볼품없게 썼다."

"저 광경 좀 봐. 굉장하지 않니?"

·

·

·

"불륜관계 아닐까?"

"여기서 자살하는 사람들 참 많다."

.

.

.

"왜? 아름다워서? 하하."

"저거 남자 아냐?"

.

.

.

"이런 데 왔으면 그냥 즐겨. 남 신경 쓰지 말고."

차례

1 _003

2 _017

3 _033

4 _045

5 _063

6 _078

7 _093

8 _105

9 _117

10 _133

11 _147

12 _158

작가의 말 _173

1

스프링이 달린 하얀 메모지 위에 검은 국화 세 송이가 흩날리고 있다. 어디에서 불어온 바람 때문일까. 불어 닥친 공기의 움직임은 보이지 않지만, 여백 사이에 흩어진 꽃잎들로 인해 종이 위엔 바람의 흔적이 진하게 묻어난다. 그는 벌써 세 장째 수국(水菊)을 그리고 있다.

"워, 화지아. 니, 기프트."

그는 자신을 화가라고 소개하며 방금 막 그려낸 세 송이 국화가 담긴 그림을 뜯어내 마주 앉은 중국인 스튜어디스에게 건넸다.

“씨에씨에.”

그녀는 미소 띤 얼굴로 내 쪽을 흘깃 쳐다보고는 얼른 받아들였다.

“또 작업이야?”

창가 쪽에 앉은 나는 블라인드를 올리는 시늉을 하며 그를 쳐다봤다.

“야, 뭐 하는 거야? 어지럽게 창을 왜 열어?”

그는 놀란 눈으로 호들갑을 떨며 내 손을 잡아끌었다. 그러면서도 그의 시선은 그림을 쳐다보고 있는 스튜어디스에게 머물러 있었다.

“소심하긴. 그러면서 거짓말은 어떻게 밥 먹듯 해?”

나는 그의 손에서 붓펜을 빼앗아 들었다.

“지금 무슨 말을 하는 거니? 내가 언제 거짓말을 했다는 거야?”

“그야, 삼촌이 더 잘 알지.”

나는 펜 뚜껑을 열고 손등에 낙서를 했다. 촉촉한 잉크가 묻어날 때마다 시원한 느낌이 들었다.

“얘, 큰일 날 소리하네. 화가라고 한 게 뭐 잘못 됐니? 내가 그림 얘기 빼고 무슨 말을 하겠어? 나는 화가야. 중국말로 화지아, 화가라구.”

"누가 뭐라 했어?"

나는 뚜껑을 닫고 펜을 건넨 뒤 좌석 깊숙이 몸을 묻었다. 그는 내게 무슨 말을 하려다 기내가 잠깐 사이 심하게 흔들린 탓에 벨트를 꼭 부여잡고 숨을 멈췄다. 목적지에 곧 도착할 예정이니 안전벨트를 반드시 착용해달라는 기내방송이 흘러 나왔다. 이어서 앞쪽에 앉아있던 그녀가 마이크를 꺼내 중국말로 안내방송을 했다. 나는 그를 향해 살짝 미소를 띠었다. 그는 등받이에 몸을 바짝 붙이고 긴장한 얼굴로 나를 바라보다 퉁명스레 입을 열었다.

"뻬이찡에 내리는 순간부터 넌 삼촌한테 화지아라고 불러. 아니, 지금부터야."

고도를 낮춘 비행기가 구름 아래로 하강하면서 몇 차례 몹시 흔들렸다. 나는 블라인드를 올리고 창밖을 내다봤다. 검은 활주로가 뱀처럼 길게 뻗어 있고 트랩차들이 오가는 광장 중앙에는 붉은 글씨로 '北京'이라고 쓴 회색 빛 공항청사가 우울한 얼굴로 안착한 비행기들을 맞고 있었다.

비행기의 동체가 지면에 닿자 좌석으로부터 약간 충격이 전해져 왔다. 기체는 활주로를 미끄러져 나가며 서서히 속도를 줄이고 있었다. 나는 트랩차가 붙는 것을 보자마자 재빨리 벨트를 풀고 자리에서 일어났다. 짐을 꺼내는 사람들을 의식해 조금이라도 서두를 요량이었다. 그러나 화지아는 아랑곳없이 좌석에 등을 붙이고 앉아 만만디를 읊조렸다. 우리는 결국 모든 사람들이 빠지고 난 뒤에야 트랩을 빠져나올 수 있었다. 입국 수속을 마치고 짐을 찾는 동안 내내 그는 주위를 지나가는 여자들을 훑어보며 꼴깍꼴깍 마른침을 삼켰다.

"이제 어떻게 해야 되는 거야?"

먼저 배낭을 찾아 등에 짊어진 나는 기내가방을 기다리는 화지아를 보며 물었다. 그는 잔뜩 긴장한 얼굴로 못 들은 척 돌아가는 레일 위의 짐들만 바라보고 있었다. 나는 갑자기 서울에서 들었던 중국의 무시무시한 괴담들을 떠올렸다. 아무리 올림픽을 성공적으로 치러낸 나라라지만 여전히 거지들이 판을 치고 낯선 외국인을 표적 삼아 장기를 꺼내 팔고, 특히 한국 사람들의 여권이 인기가 좋아 높은 가격에 팔리고 있다는 말이 머릿속을 윙윙 맴돌았다. 나는 주위를 둘러봤다. 가끔씩 우리 쪽을 흘깃 쳐다보며 슬그머니 웃음 짓는 누런 이빨의 낯선 사내들이 모두 화지아와 내 몸을 노리는 장기밀매업자처럼 보였다.

"어쩔 셈이냐구?"

나는 그를 바라보며 재차 물었다.

"저기다."

화지아는 내 말을 무시한 채 레일 위에 얹혀 뒤쪽으로 사라져

가는 검은 가방을 향해 달려갔다. 애초부터 그를 믿고 온 게 잘못이다. 아무런 대책도 없이 이곳까지 따라온 내 우발적인 감정을 탓할 수밖에 없는 걸까. 북경에 가면 사진으로만 봤던 만리장성을 실제로 볼 수 있다는 막연하고도 단세포적인 생각이 나를 이 구렁텅이로 몰아넣은 꼴이었다.

"헤이, 마이 빽. 잇츠 마인."

화지아는 기내가방을 집어 올리는 여자를 향해 소리치고 있었다. 그녀는 허리를 구부린 자세로 물끄러미 그를 올려다봤다.

"그거 내 꺼야. 마이 빽."

그는 가방의 손잡이를 낚아챘다.

"무슨 말씀이세요? 여기 노란 리본 안 보이세요?"

깡마른 얼굴에 붉은 머플러를 두른 그녀의 입에서는 한국말이 또랑또랑 튀어나왔다.

"어? 하하. 명철아, 한국 사람이다."

화지아는 내 쪽을 돌아보며 대기실 안이 쩌렁쩌렁 울리도록 소리쳤다. 이번에는 내가 급한 마음에 달려가 그의 손에 들린 가방을 받아들었다.

"북경엔 처음이세요?"

그녀는 중국여행이 매우 익숙하다는 듯 떨림 없는 어조로 우리를 향해 물었다. 그는 구세주를 만난 것처럼 몇 번씩이나 고개를 끄덕였다.

"그럼 어디로 가실 생각이세요?"

"우선, 만리…"

나는 만리장성을 외치려다 그에게 옆구리를 팔꿈치로 가격당하는 바람에 말을 맺지 못했다.

"그쪽은 어디로 가시는데요?"

화지아는 그녀의 입에서 다른 말이 나올 수 없도록 재빨리 선수 쳤다.

"전 서안(西安)으로 가요. 폭설 때문에 그곳 노선운항이 끊겼다고 들었어요. 기차 타고 갈 셈으로 여기 왔어요."

"잘 됐군요. 우리도 그쪽으로 갈 참이었는데. 이제부터 이 짐은 우리가 책임지고 옮겨드리겠습니다. 이 녀석이 보기엔 부실해보여도 깡심이 좀 있거든요."

그녀는 잠시 미심쩍은 눈초리로 그를 흘겨봤다.

"이거, 소개가 늦었습니다. 전 동양화를 그리는 강찬기라고 합니다. 이쪽은 제 조카 기명철이구요. 잘못 들었다간 김-영-철이 되죠. 야, 저기 짐 나온다. 들고 와라."

나는 얼떨결에 기내가방을 두 개나 들고 그와 함께 그녀를 따라 공항 문을 나서게 됐다. 그녀는 공항 입구에서 30대 중반으로 보이는 낡은 나이키 점퍼를 입은 중국인 사내와 흥정을 한 뒤 그를 따라 주차장으로 갔다. 나는 양쪽으로 기내가방을 끌며 중심을 잡기 위해 이리저리 몸을 기울이며 걷고 있는 동안에도 화지아를 향해 무슨 짓이냐고 따져 물었다. 그러나 그는 아무 대꾸도 없이 그녀의 뒤만 촐랑촐랑 따라갈 뿐이었다. 하긴 중국 말을 전혀 하지 못하는 상황에서 시원찮은 영어실력마저도 통하지 않는 이곳에서 그가 할 수 있는 일은 아무 것도 없었다. 그저 우리말과 중국말을 유창하게 해내는 그녀의 뒤꽁무니를 쫓는 일밖에.

나는 불안한 마음으로 그녀의 뒤를 따랐지만 우리를 기다리는 차가 한국산 소나타라는 것을 알았을 때 이상하게도 안도의 한숨이 절로 내쉬어졌다.

우리는 트렁크에 짐을 싣고 차에 올랐다. 따듯한 스팀이 돌자 얼었던 몸이 노곤해졌다. 차가 지하 주차장을 빠져나와 도로를 질주하는 동안 나는 창밖의 희부연 날씨를 감상하며 반쯤 졸음에 빠져들었다.

"서예가시라구요? 아, 그럼 씨안에 도착하면 바로 그 미대교수부터 만나봐야겠군요. 전 그림을 그리려고 왔습니다."

화지아는 팔꿈치로 내 옆구리를 툭 치고는 졸지 말라는 듯 고개를 흔들었다. 나는 아랑곳없이 고개를 돌린 채 눈을 감았다.

"원래 제 친형님이 꽝저우에 계셔서 그리로 가려고 했는데,
이 혹덩어리 때문에 북경에 오게 됐죠."

화지아는 그녀가 묻지도 않았는데 자신의 얘기를 주절주절
늘어놓았다. 그리고는 지퍼를 열고 가슴 안쪽에서 노란 종이 한
장을 꺼내 그녀에게 건넸다.

"이게 뭐죠?"

그녀는 종이를 받아들며 물었다. 화지아는 어린 아이처럼 해
맑은 표정으로 펼쳐보라는 듯 고갯짓을 했다. 그녀는 종이를 펼
쳐 들고는 얼마동안 진지한 표정으로 바라보더니 이내 알듯 말
듯 묘한 웃음을 흘렸다.

"직접 그리신 건가요? 좋은 그림이네요."

"에, 극적인 만남의 정표라고나 할까요."

화지아는 팔짱을 낀 채 근엄하게 대꾸했다. 그녀는 조심스럽
게 그림을 접어 백에 넣고는 앞을 주시한 채 한 손으로 손잡이
를 꼭 틀어쥐었다. 화지아는 어울리지 않게 목소리를 깔고 계속
해서 떠들어댔다. 나는 혼곤한 잠결에 정신을 차리려고 애를 써
봤지만 소용없었다. 단지 그의 들뜬 목소리가 아련하게 들려올
뿐이었다.

"우린 씨안에 가서 며칠 묵을 예정입니다. 그림을 좀 그려야
겠어요. 꽝저우엔 잠깐 있다가 바로 계림으로 들어갈까 생각 중

이에요. 아까도 말했다시피 전 여기 그림을 그리러 왔습니다. 에, 유적지 관람이나 쇼핑 따위는 필요 없다 이 말씀입니다. 화가가 그림 그리는 일 빼면 무슨 낙으로 살겠습니까? 하하.”

화지아의 억지 웃음소리가 꿈결에서조차 공허하게 들려왔다. 나는 혼미한 정신을 다잡기 위해 창문을 조금 내리고는 바깥 공기를 들이마셨다. 우리를 태운 소나타는 기차역 광장 앞의 회색 선로를 따라 주차할 공간을 찾고 있었다. 화지아는 카메라 렌즈를 이리저리 돌리고 있다 차가 멈추자마자 문을 홱 열어 제치며 소리쳤다.

“인마. 짐 챙겨야지. 이제부턴 대륙 종단이야.”

화지아는 카메라를 목에 걸고 조금 떨어진 곳에 서서 운전기사가 트렁크에서 짐을 꺼내 내려놓는 모습을 지켜봤다. 그녀가 팔짱을 끼고 서 있는 동안 나는 그에게 다가가 낮은 목소리로 중얼댔다.

“삼촌, 정말 서안으로 갈 작정이야?”

그는 내 말은 안중에도 없는지 부려진 짐들을 빤히 쳐다보며 딴전을 피웠다.

“약속이 다르잖아. 여기 있다 광저우로 갈 거라면서?”

나는 목청을 높였다. 그러자 그는 깜짝 놀란 표정으로 그녀 쪽을 살폈다.

"여기까지 와서 만리장성 하나 못보고 간다는 게 말이나 돼?"

나는 그녀에게 들려도 상관없다는 듯 퉁명스레 내뱉었다.

"참 말 많네. 우린 여기 놀러 온 게 아냐. 너 처음부터 나 따라올 작정이었을 때 뭐라고 했어? 기억 안나? 기억날 때까지 주둥이에다 마스크 좀 써라."

화지아는 내 쪽을 쳐다보지도 않고 큰소리로 대꾸했다. 그리고는 재빠른 동작으로 양손에 그녀와 자신의 가방을 쥐고 '北京'이라고 쓰여 있는 커다란 간판이 달린 광장 매표소를 향해 씩씩하게 걸어 나갔다. 그녀는 피식 웃음을 흘리고는 팔짱을 낀 채 걸음을 뗐다. 나는 그에게 다시 한 번 단독으로 움직일 것을 권유하려다 비록 만리장성을 보진 못했지만 그래도 대신 진시황릉은 보게 되겠구나 하는 생각에 못이기는 척 뒤를 따랐다.

그녀가 우리에게 건넨 열차표는 서안 행 오후 4시 50분 출발이었다. 여유 시간은 20분 남짓. 나와 화지아는 열차표를 받아들고 오리새끼처럼 그녀의 작은 움직임 하나에도 움찔움찔하며 뒤를 쫓아 대합실로 들어갔다.

북경역의 화려한 외장 규모에 비해 실내는 초라하기 그지없었다. 많은 사람들이 비좁은 공간에 콩나물시루처럼 모여 앉아 있었는데, 여기저기 가마니를 깔고 앉아 있는 노인네들과 양 볼이 빨간 코흘리개 아이들의 모습은 한국의 70년대 서울 풍경을 담은 사진들을 떠올리게 했다.

　서안 행 개찰구의 맨 끝줄을 찾아 줄을 설 무렵 개표가 이뤄지기 시작했다. 사람들은 저마다 풀어놓은 짐을 챙기느라 정신이 없었다. 찔끔찔끔 줄이 줄어들며 플랫폼으로 향하는 입구가 가까워지자 나는 은근히 조갈이 났다.

　우리는 개찰구를 통과해 5번 플랫폼의 열차 칸에 올라탔다. 남색 제복을 입은 여성 승무원 세 명이 여러 장의 표를 들고 분주히 복도를 오고 갔다. 그녀들의 역할은 자리배치가 일괄적이지 못해 승객들이 서로 같이 있으려고 자신의 좌석을 뒤바꾸는 일을 중재하는 것이라고 했다. 다행히 우리는 같은 칸의 네 침대 중에 빈자리를 하나 남겨두고 세 침대를 배정 받았다.

　열차 안은 북경역의 광장만큼이나 소란스러웠다. 건전지가 장착된 소형 텔레비전을 들고 다니며 돈을 받고 드라마를 보여주는 정장차림의 남자. 책과 음료수, 지도 등 잡동사니가 담긴 철제 리어카를 끌고 다니는 제복차림의 판매원. 잠옷 바람으로 복도를 돌아다니는 젊은 여성들. 그야말로 아리송한 진풍경의 연속이었다. 우리는 우선 자리를 잡고 난 뒤 짐부터 정리했다. 그리고는 칸마다 비치된 보온병에 담긴 뜨거운 물을 꺼내 한국에서 가져온 컵라면으로 허기를 해결했다.

　저녁 6시가 넘어가자 사위는 금세 어둠이 내려앉기 시작했다. 나는 2층 침대에 누워 밖을 바라봤다. 어슴푸레한 벌판 위로 희끗희끗 싸락눈이 흩날렸다. 그 광경은 마치 이곳에 오기 전에 화지아의 초대전에서 본 한 점의 그림과 비슷했다. 그는 내게 몇 년 만에 화랑 전시회 초대장을 보내왔다. 그러나 초대전이라고 해서 찾아간 갤러리에는 그의 작품이라곤 허허로운 벌판에 흩날리는 눈을 담은 그림 한 점이 전부였다. 돌아가신 외할아버지가 자랑스레 떠벌리곤 했던 고구려 도원수 강이식의 후손인 진주 강씨 종친회에서 나름대로 필력 있는 사람들이 모여 취미처럼 그린 것을 전시한 10인 동양화 초대전이었다. 그는 그곳에서 호들갑스럽게 나를 맞이하며 중국에 다녀온 이야기를 장황하게 떠벌렸다.

명철아, 내가 그동안 뭐하고 살았는지 아니? 이 삼촌이 말이지, 꽝저우에 가서 농사짓고 왔다. 농사 몰라? 씨 뿌리고 왔다고 이 둔재야. 하하. 나는 이번 전시 끝나면 다시 중국으로 들어간다. 그림도 그리고 또 우리 예쁜이도 봐야지. 지금쯤 날 애타게 기다리고 있을 텐데. 아, 코티샹-. 명철아, 이 가슴에 링게루 좀 꽂아다오.

나는 이 사람이 또 무슨 수작을 부리려고 하나 의심부터 들었지만 아버지한테서 자유롭고 싶으면 강력한 충격요법을 사용해야 한다는 말에 내심 마음이 동했다. 안 그래도 비빔밥에 참기

름을 몇 방울 뿌려 먹어야하는 지까지도 가르치려드는 아버지를 위해서라도, 아니 솔직히 왜 공부를 해야 하는지, 교과서 지식 외엔 아무 배울 게 없는 감옥 같은 학교에는 왜 하루도 빠지지 않고 출석해야 하는지 도무지 그 이유를 알 수 없는 내 자신을 위해서라도 뭔가 새로운 자극제가 필요했다. 또한 내 나이 스물에 이제 얼마 남지 않은 스물한 살의 새해를 광활한 대륙에서 맞는 일도 괜찮겠다 싶었다. 아니 솔직히 엄마와 무척이나 닮았다는 넷째 외삼촌을 보러 가게 되었다는 사실이 무엇보다 설레는 일이었다. 그리하여 나는 그에게 아버지한텐 비밀로 하고 함께 북경의 만리장성을 보고 난 뒤 말로만 듣던 넷째 외삼촌이 있는 광저우로 가는 게 어떻겠냐는 의견을 내놓았다. 잠시 고민하던 그는 이제야 마음을 여는 거냐며 흔쾌히 수락했다. 그런데 만리장성은커녕 이렇게 뜻하지도 않은 서안행이라니. 나는 1층 침대에 걸터앉아 수다를 떨고 있는 그를 밉살스레 내려다봤다.

화지아는 침을 튀겨가며 그녀에게 자신의 예술세계를 피력하고 있었다. 따분한 표정으로 앉아 있는 그녀는 아무 대꾸도 하지 않았다. 단지 서안에 눈이 많이 내려 비행기가 연착되었지만 열차의 통행은 가능하다는 안내방송 내용을 중간 중간 설명해 줄 뿐이었다. 저 멀리 쓸쓸한 불빛에 졸고 있는 잿빛의 낡은 건물들이 하얀 눈밭 위로 벌건 그림자를 드리웠다. 북경의 밤은 그렇게 눈 단장을 준비하고 있었다. 점점 거세지는 눈발 속에서 거대한 쇳덩이에 몸을 실은 우리의 긴 여정은 이제 그 서막이 오르고 있었다.

2

　이튿날 오후, 우리는 서안역에 도착했다. 희부연 하늘에 여전히 콧등이 싸할 정도로 찬 공기가 얼굴과 목덜미를 휘감았다. 잔뜩 움츠린 자세로 입구를 빠져나오자 쑥색 스웨터에 검은 가죽재킷을 입은 50대 초반의 사내가 마중을 나와 있었다. 그녀의 지인이라는 사내는 그녀를 발견하자마자 달려와 덥석 껴안았다. 한참을 부둥켜안고 뭐라고 떠들어대던 그는 우리를 본체만체하더니 그녀의 가방을 빼앗아 들고 어디론가 내처걸었다. 반쯤 뒤통수가 눌린 화지아는 아직 졸음에서 깨지 않은 얼얼한 표정으로 황급히 뒤를 따랐다.

우리가 들어간 곳은 천장이 높고 테이블이 빽빽이 들어차 있는 패스트푸드식 식당이었다. 가죽재킷의 사내는 우리를 2층 복도 안쪽에 있는 VIP라고 적힌 팻말이 붙은 방으로 몰아넣었다. 나와 화지아는 넓은 원형 테이블에 띄엄띄엄 한 자리씩 차지하고 앉아 시선을 어디에 둬야할지 몰라 두리번대고 있었다. 그 때 두 명의 건장한 웨이터가 들어와 짐을 한쪽으로 정리하기 시작했다.

"정신 바짝 차려라."

화지아는 고개를 숙인 채 최대한 입을 다물고 읊조리듯 내뱉었다. 사내가 그런 그를 보며 뭐라고 말을 건넸다. 그러자 화지아는 머리를 긁적이며 어색한 미소를 지어보였다.

"제 마음대로 소개해도 괜찮겠죠?"

그녀는 우리 쪽을 보며 물었다.

"물론이죠. 잘 부탁할게요."

나는 짧게 대꾸했다. 그녀는 사내에게 화지아를 먼저 소개했다. 테이블이 워낙 넓은 탓에 사내는 "니 하오."를 연발하며 대신 손을 흔들었다.

"저 분은 이곳 서안미대의 교수세요. 진현희 교수라고 주로 서역인의 모습을 담은 그림들을 그리죠. 물론 동양화가세요. 저 분은 찬기씨가 대학에서 학생들을 가르치고 계신 걸로 알 거예요.”

“네? 아, 아무렴 어때요? 가르치는 건 다 같지. 안 그러니?”

화지아는 동의를 구하려는 듯 내 쪽을 쳐다봤다. 나는 아무려나 상관없다며 어깨를 한번 추켜올렸다. 그녀가 이번에는 내 소개를 하려는지 나를 가리키며 뭐라고 떠들어대고 있는데, 치파오(중국식 전통복장)를 입은 한족 아가씨들이 차례로 음식을 들고 들어왔다. 갖가지 삶은 야채들과 찐빵, 계란탕, 좁쌀스프, 양고깃국, 소동파가 즐겨먹었다는 구운 돼지고기와 이름을 알 수 없는 온갖 양념이 듬뿍 발린 고기들이 날라져 왔다. 회전판 유리를 얹은 테이블에는 형용할 수 없을 만큼 색색 빛깔의 눈부신 요리들이 가지런히 자리를 잡았다. 그러나 그 푸짐한 성찬을 앞에 두고도 나는 좀체 젓가락을 대지 못했다.

“아유, 이 노린제 냄새 죽인다. 야, 좀 먹어둬.”

그는 긴 젓가락으로 집어 올린 고기를 코에 대고 킁킁거렸다.

“중국여행이 처음이시면 음식 때문에 고생 좀 할 거예요.”

그녀는 잔뜩 굳어진 내 표정을 보고 살짝 웃어보였다. 아닌 게 아니라, 빛깔은 신선이 먹는다 해도 나무랄 데 없었지만 탕을 비롯한 모든 음식에서는 노래기 냄새와 비슷한 역한 내가 배어나와 속이 울렁거릴 지경이었다. 아무래도 중국인들이 즐겨먹는다는 ‘시앙차이’라는 향신료 때문인 듯했다. 나는 할 수 없이 밥그릇을 턱 밑까지 치켜들고 입을 벌려 푸석푸석 헤지는 밥알을 젓가락으로 밀어 넣었다. 야채를 비롯한 몇 가지 다른 음식에 손을 대보았지만 어쩔 수 없이 허기를 채울 수 있는 건 후 불면 날아갈 것 같은 찰기 없는 쌀밥뿐이었다. 화지아는 그 냄새나는 음식들을 목구멍으로 잘도 넘기고 있었지만 그 역시 부담스러웠는지 음식을 삼킬 때마다 40도가 넘는 중국 최고의 독주로 홀짝홀짝 입가심을 했다.

뭐가 됐든 뱃속을 채운 덕분인지 식당을 나왔을 때 더 이상 이곳의 추위는 그리 아리지만은 않았다. 아니, 오히려 시원하다는 생각까지 들었다. 화지아는 점퍼를 벗어 제치고 화끈 달아오른 얼굴로 연신 '돌아와요 부산항에'를 불러대고 있었다. 그러나 차도에 내려 서 있는 진교수와 대화를 나누고 있는 그녀의 표정은 유쾌하지만은 않은 듯했다.

"삼촌, 그만 가지."

나는 화지아의 기내가방을 낚아채며 말했다. 그때까지 여흥을 즐기고 있던 그도 둘 사이의 대화에 이상한 기운이 감도는 것을 눈치 챘는지 갑자기 노래를 멈췄다.

"이제 어떡하냐?"

그는 내 곁으로 바짝 다가와 속삭였다.

"뭘 어떡해? 우린 우리대로 가면 되지."

내 목소리가 컸는지 그는 발을 구르며 내 입을 틀어막으려 했다. 그 사이 그녀가 난감한 표정으로 우리를 향해 다가왔다.

"계획 있으세요?"

"물론이죠. 감사했어요. 한국에 돌아가면 신세 갚겠습니다."

나는 그녀에게 손을 내밀었다.

"무슨 소릴 하는 거야?"

그때 화지아가 내 손등을 탁 치며 끼어들었다.

"이 새끼가, 너 그런 행동 아주 엑스바리야."

그는 상기된 얼굴로 술 냄새를 풀풀 풍기며 그녀에게서 나를 밀쳐냈다.

"우린 씨안에 있을 예정입니다. 그렇게 전해주세요. 진시황릉도 보고 뭐야, 그 거대한 토용(土俑)들도 봐야 해요. 이 유구한 역사를 두고 우리가 어딜 간단 말입니까?"

화지아는 그녀를 붙잡듯 하여 진 교수에게 데려갔다. 서안의 역사적 문화재를 보는 일보다 그녀와 떨어지는 게 못내 아쉬운 듯했다. 엉겁결에 끌려간 그녀는 할 수 없다는 표정으로 사내에게 말을 건넸다. 나는 팔짱을 끼고 서서 그 광경을 지켜봤다. 한참동안 그녀의 말을 듣고 있던 사내는 화지아에게 다시 한 번 악수를 청했다. 이에 신이 난 그는 그렇지, 그렇지를 연발하며 사내의 뭉툭한 손에 진한 키스를 퍼부었다.

우리는 그녀와 함께 진 교수가 잡은 택시에 몸을 실었다. 앞좌석엔 사내가 뒷좌석엔 나란히 그녀와 화지아 그리고 내가 앉았다. 택시의 앞좌석과 뒷좌석 사이에는 미국의 깽 영화에서나 봤던 철장이 설치되어 있었다. 우리는 서안의 시내를 한 삼십분 가량 달려 미대에서 그리 멀지 않은 진 교수의 집에 들렀다. 12층의 T자형 구조인 고층 아파트는 한국의 오피스텔과 흡사했다. 우리는 그 사내를 따라 복도 맨 끝의 철문을 열고 안으로 들어갔다. 실내는 복도의 바닥과 연결되어 있어 신발을 벗을 필요가 없었다. 그러나 철문을 열자마자 우리를 놀라게 한 것은 바로 시야에 들어온 고미술품들이었다. 4층으로 된 선반이 사방의 벽면에 서 있고 칸마다 도자기를 비롯한 온갖 공예품들이 빽빽이 자리를 차지하고 있었다.

"오, 굿!"

화지아는 진 교수를 향해 엄지를 세워보였다. 그는 자랑스러운 듯 고개를 몇 번이나 끄덕거리더니, 이내 주방으로 건너가 가스 불에 주전자를 올려놓았다.

"야, 도대체 이 많은 물건들이 다 어디서 났냐? 하늘에서 떨어졌냐? 땅에서 솟아났냐?"

이것저것 물건들을 만져보는 그의 눈알이 희번덕 돌아갔다.

"아무래도 미대 교수시니까 골동품 모으는 게 남다를 수밖에 없겠죠."

그녀는 창가 쪽으로 가 리모컨을 집어 들었다. 텔레비전을 켜고 채널을 이리저리 돌리는 사이 그는 애기 주먹만한 크기의 철불(鐵佛)을 점퍼 주머니에 냉큼 쑤셔 넣었다.

"삼촌!"

화지아는 주머니에 손을 넣은 채 나를 바라봤다. 나는 그의 얼굴을 빤히 쳐다보다 고갯짓으로 돌려놓으라고 했다. 그러자 그는 되는 일 없다는 표정으로 쥐고 있던 물건을 빼내 탁 소리 나게 내려놓았다. 그리고는 내 곁으로 와 속삭였다.

"너 아직 모르는구나. 이거 죄다 도굴한 거야. 뻔한 거 아냐? 공산당하고 짜고 친 거지."

"어디든 안 그러겠어? 그것도 능력인 거 몰라?"

나는 그녀가 듣지 못하도록 낮은 목소리로 대꾸했다. 그는 맥 빠진 얼굴로 그녀 옆에 놓인 나무의자로 가 풀썩 주저앉았다. 화면에는 소리 없이 한국영화 '취화선'이 나오고 있었다. 진 교수는 쟁반에 차를 들고 돌아왔다. 작은 사발 같은 찻잔에서 쟈스민 향이 더운 김과 함께 은은히 배어 나왔다. 우리는 차를 마시며 골동품들의 연대와 한나라시대의 유적 발굴계획에 대한 얘기를 그녀를 통해 전해 들었다. 그리고 아울러 우리 민족과 인연이 있는 서안의 유서 깊은 곳을 가게 될 것이라는 통고를 받았다.

＊

　우리는 진 교수가 모는 차를 타고 어디론가 이동했다. 끝없이 이어지는 눈 덮인 도로를 9인용 승합차는 미끄러지듯 불안한 속도로 내달렸다. 4차선 도로 밖으로 우리네 시골마을과 다를 게 없는 풍경이 펼쳐졌다. 옥수수를 길게 끼어 담벼락에 걸어놓은 황토로 지은 시골집들이 듬성듬성 나타났다 사라지고 포도나무와 비슷한 크기의 나무들이 서 있는 키위밭들이 길게 이어졌다. 진 교수는 우리가 가야할 곳이 서안 시내 근처라 금방 도착할거라고 했지만 당최 가도 가도 끝이 없었다. 마치 서울에서 포천을 지나 철원을 향해 내달리고 있는 기분이었다.

　창밖으론 간간이 눈발이 흩날렸다. 나는 맨 앞좌석에 앉은 그녀의 옆얼굴을 슬쩍 훔쳐봤다. 그녀는 피곤한지 사내의 떠들어대는 말에도 아랑곳없이 눈을 감고 있었다. 우리를 태운 차는 높은 산 중턱을 뱅뱅 돌며 어디론가 올라가고 있었다. 저 멀리 녹지 않은 눈들이 설탕처럼 덮여 있는 산등성이에는 송수신을 위한 철탑이 일정한 간격을 두고 세워져 있었다.

　마려운 오줌을 참아가며 도착한 곳은 십여 미터가 넘는 높이의 돌탑이 세워져 있는 작은 규모의 선유사라는 절이었다. 사찰의 앞마당에는 몇 대의 고급 승용차들이 주차되어 있었는데, 어떻게 알았는지 노스님이 마중을 나와 주름진 얼굴로 우리를 환대했다.

"이곳은 한국과 인연이 깊은 곳입니다."

진 교수가 우리를 한국에서 온 손님이라고 소개하자 노스님이 꺼낸 첫마디였다. 노스님의 말에는 나름의 의미가 담겨 있었다. 그도 그럴 것이, 부처님의 진신사리가 모셔져 있는 이 절에는 왕오천축국전을 남긴 신라에서 온 혜초 스님의 비문이 있었기 때문이다.

"신기하지? 어떻게 이 먼 곳까지 와서 이런 낙서를 남겼을까?"

화지아는 사찰의 뜰 안에 있는 작은 정자 가운데 세워진 비문을 바라보며 중얼거렸다.

"이 비문을 읽어보면 그 분이 어떤 일념으로 여기까지 오게 됐는지 잘 알 수 있어요. 진시황릉도 좋지만 우리한텐 이런 게 더 가치 있지 않겠어요?"

그녀는 글자를 알아보기 힘든 비문을 눈으로 읽으며 그에게 말을 건넸다. 나는 카메라를 꺼내 될 수 있는 한 비문의 글자들이 선명하게 보이도록 최대한 렌즈를 확대하여 셔터를 눌렀다.

“야, 살살 찍어라. 비석 상한다.”

화지아는 팔을 뻗어 조심스럽게 비문을 쓰다듬었다. 우리는 진 교수의 권유로 노스님과 함께 혜초 스님의 글귀 앞에서 사진 한 장을 남겼다. 그녀와 진 교수가 노스님과 함께 잡담을 나누는 동안 화지아는 가방을 뒤져 붓펜을 있는 대로 모두 꺼내 들었다. 네 개의 붓펜을 움켜쥐고 작은 정자를 이리저리 둘러보던 그는 서까래를 받친 붉은 기둥에 그림을 그리기 시작했다. 언 땅으로부터 뿌리를 받치고 뻗어 오르는 네 개의 굵은 선들이 마치 뒤엉켜버린 식물의 일종 같기도 하고 잔뜩 몸을 비틀고 있는 게 하늘로 솟아오르는 상상의 동물인 용처럼 보이기도 했다. 화지아가 두 번째 기둥에 그림을 그릴 무렵 노스님은 경이로운 눈빛으로 한쪽 기둥에 그려진 그림을 보며 뭐라고 말했다. 진 교수는 대수롭지 않은 일이라며 별 반응을 보이지 않았지만 곁에서 지켜보고 있던 그녀는 다소 놀란 표정이었다.

“무얼 표현하신 거죠? 난 같기도 한데. 아무튼 멋지군요.”

그녀는 관심어린 눈빛으로 화지아를 바라봤다.

“에, 만남입니다. 한족과 한민족의 어우러짐이라고나 할까. 서로의 마인드가 이렇게 화합하는 거죠. 하하.”

화지아는 자신의 그림을 가리키며 흡족한 표정을 지었다. 그녀는 진 교수와 한동안 무슨 말인가 나누더니, 노스님을 앞세워

뜰 앞의 사당 문을 열게 했다. 커다란 자물쇠를 풀고 안으로 들어서자 예상했던 것과 달리 불상은 보이지 않고 대신 '사랑', '행복', '만수무강' 따위의 한글이 적힌 서예작품과 서역 사람들의 모습을 담은 그림들이 나타났다.

"사찰 안에 갤러리가 다 있네."

화지아는 의아한 표정으로 나를 돌아봤다.

"야, 이런 유서 깊은 절에 웬 한글이냐. 참 볼품없게 썼다."

그는 전시된 서예작품들을 보며 비아냥거렸다.

"제 작품이에요."

그녀는 단조로운 목소리로 대답했다.

"네? 아, 그게 그러니까……."

화지아는 당황하여 발개진 얼굴로 그림들이 걸린 쪽으로 황황히 몸을 옮겼다. 나는 진 교수의 안내로 서역의 풍경이 담긴 그림들을 바라봤다. 진 교수는 그림을 가리키며 뭐라고 떠들었지만 한 마디도 알아들을 수 없었다. 그녀는 기분이 상했는지 한쪽 구석에서 팔짱을 낀 채 서 있었다. 오색으로 채색된 낙타와 머리에 무거운 짐을 얹은 아낙의 모습, 갈퀴를 휘날리며 힘차게 내달리는 네 쌍의 말 등을 담은 그림들은 이국적이면서도 다채로운 생동감을 불러 일으켰다. 그러나 그녀의 작품들은 내가 보기에도 이제 막 서예를 시작한 초보에 지나지 않을 정도로

서툴고 어설픈 것이었다.

"와, 저런 한글체도 있었나? 멋지네. 찌거 헌 하오. 굿."

화지아는 그녀의 작품을 가리키며 진 교수에게 엄지를 치켜 들었다. 노스님은 신이 난 얼굴로 고개를 끄덕이며 뭐라고 떠들 었다.

"그림도 좋지만 글이 아주 훌륭하네. 이리 와요. 통역을 해줘야 이 벅찬 감정을 교류하지."

화지아는 그녀를 보며 손짓했다. 그녀는 멀뚱히 서서 그를 바라보기만 했다.

"이런, 대서예가님을 몰라 봬서 죄송합니다."

화지아는 그녀를 향해 90도로 허리를 꺾어 인사를 하고는 억지웃음을 지어보였다.

"붓을 잡는 분이 이 정도 필력은 알아보셔야죠."

그녀는 진 교수에게 고갯짓을 하고는 밖으로 나가버렸다. 화지아는 나를 힐끔 쳐다본 뒤 곧장 뒤따라 나갔다. 나는 진 교수와 노스님을 따라 마당으로 나왔다. 우리는 그곳에서 노스님의 안내로 부처님의 사리가 모셔진 안채의 작은 방으로 들어갔다. 실내는 석유난로와 열풍기를 켜놓아서인지 훈훈했다. 뜨거운 바람이 지나갈 때마다 더운 열기가 얼굴에 와 닿았다. 노스님은 난로에 얹어진 주전자를 내려 이름을 알 수 없는 차를 만들어주었다. 화류의자에 앉아 얇은 일회용 플라스틱에 담긴 차를 홀짝이는 동안 노스님은 철제 캐비닛을 열고 제법 묵직한 유리함을 꺼내왔다. 화지아는 함에 담긴 사리를 보고는 정색한 얼굴로 자리에서 일어나 합장을 했다. 나는 하얗고 투명하면서도 푸른빛을 뿜어내는 사리를 물끄러미 바라봤다.

"진짜 석가모니의 진신사리에요. 잘 기억해두세요."

그녀는 사리에 얽힌 이 사찰의 유래를 노스님의 말을 빌려 전해줬다. 그러면서 오랜만에 찾은 자신을 봐서 노스님이 특별히 호의를 베푸는 것이라며, 사진을 찍도록 허락했다고 자랑스럽게 말했다. 그러나 화지아는 사진을 찍는 대신 노트를 꺼내 유리함에 들어 있는 사리들을 스케치했다.

"찬기씨, 여기서 전시회 열어볼 생각 없어요?"

그녀는 차를 마시다 말고 대뜸 물었다.

"그림을요?"

"네, 찬기씨 그림이요. 한국에서 그린 그림을 여기로 보내기만 하면 되요. 그럼, 이쪽에서 알아서 전시해주거든요. 대관료는 한국의 화랑보다 절반 이상 싸요. 그림만 좋다면 수익은 보장되는 거죠. 물론 아무나 가능한 건 아니에요."

그녀는 화지아와 내 얼굴을 번갈아 쳐다봤다.

"수익을 낼 수만 있다면야 좋죠. 근데, 이런 데서 그림이 팔릴

까요?"

그는 솔깃하면서도 한편으론 그럴 리가 있겠냐는 표정으로 되물었다.

"사람들만 모여들면 충분히 가능해요. 이 사찰을 보세요. 얼마나 오래된 거 같아요?"

"글쎄요. 한 삼백 년?"

"명철씨는요?"

그녀는 내 쪽을 쳐다보며 물었다. 나는 명철씨라는 말에 머쓱한 표정을 지어보이며 고개를 저었다. 사찰이나 건축물 따위에는 문외한이나 다름없으므로 도무지 짐작이 되지 않았다.

"올해로 이십 년이 조금 넘었어요."

화지아와 나는 그녀가 무슨 말을 하고 있는 건지 알 수 없어, 서로의 얼굴을 힐끔거렸다. 그녀는 진 교수에게 몇 마디 말을 건네고는 화지아를 쳐다봤다.

"여기 진 교수와 일부 서안의 행정가들이 의논해서 만든 절이에요. 옛 절터가 있던 자리에 다시 세운 사찰이죠. 앞으로 서안을 방문하는 관광객들을 유치하기 위한 일종의 유적지가 될 거에요. 화랑과 사찰을 결합한 새로운 형태의 관광코스죠. 진 교수는 외국인 유치는 자신과 같은 사람들이 역량을 발휘하고 서안을 찾는 중국인들은 나와 찬기씨 같은 사람들이 큰 역할을 해준다면 뭔가 일을 낼 거라고 믿고 있어요.”

“그럼, 아까 본 혜초 스님의 비문은 뭐죠?”

나는 진 교수를 힐끔 쳐다보곤 그녀에게 물었다.

“혜초 스님이 실제로 서안에 머무른 적이 있다고 하네요. 아마 그걸 기념하기 위해 이 절을 지을 때 만든 걸 거예요. 아무래도 한국인들이 많이 다녀가니까, 그런 게 하나쯤 있으면 반갑고 좋잖아요.”

나는 그녀의 말을 듣고 나니, 조금 전에 보았던 석가모니의 진신사리가 의심스러워졌다. 그녀가 들려준 이 사찰의 연기설화 역시 거짓일 거라는 생각이 들자 뭔가 일이 잘못되어가고 있는 게 아닌가 하는 불안감이 밀려왔다. 화지아는 사태를 파악하지 못했는지 유리함에 담긴 사리만 멍하니 바라보고 있었다. 나는 그녀에게 이 선유사라는 절이 과거에 존재했던 사찰과 무슨 관련이 있는지 설명을 부탁했다. 그때 갑자기 진 교수가 끼어들어 어둡기 전에 산을 내려가야 한다고 손목시계를 가리키며 재촉했다. 그녀는 못 다한 이야기는 다시 하게 될 기회가 있을 거라며 일어서자고 했다.

우리는 안채를 나와 뜰을 가로질러 사찰의 앞마당으로 내려왔다. 날은 금세 어두워져 있었다. 화지아와 그녀가 노스님께 정중히 합장을 하는 동안 나는 간단히 고개 숙여 작별인사를 하고 진 교수를 따라 먼저 돌아섰다. 일행은 다시 차에 올랐다. 그녀는 앞자리에 앉아 등받이에 몸을 기대고 눈을 감았다. 나는 그녀에게 안채에서 나눴던 이야기를 꺼내려다 이내 입을 다물었다. 꾸불꾸불 펼쳐진 나선형의 비포장 자갈길을 내려가며, 곁에 앉은 화지아는 점점 짙어가는 어둠을 말없이 바라보고 있었다.

3

"자는데 하도 추워서 양말 하나 더 껴 신었네."

화지아는 커피포트의 뜨거운 물을 컵에 따르며 말했다. 실내 한 가운데 놓아둔 스토브가 벌겋게 달아 열을 내뿜고 있지만 집 안 전체를 덥히기엔 역부족이었다. 커다란 창문을 가린 커튼 사이로 차가운 햇살이 세어들고 있었다. 나는 한쪽 벽에 놓인 간이용 침대에서 이불을 걷고 일어났다. 밤새 추위에 뒤척이는 바람에 깊이 잠들지 못해 꼬박 밤을 지새운 사람처럼 목과 어깨가 뻐근했다. 눈을 감으면 모래알이 이리저리 구르고 있는 느낌마저 들었다.

"피곤하면 더 자."

화지아는 차를 홀짝이며 맞은편 침대에 걸터앉았다.

어젯밤 우리는 진 교수의 배려로 그의 사촌 동생 집에 묵게 되었다. 주변의 다른 집들에 비하면 터가 매우 작은 일층주택인데, 내부는 한국의 원룸처럼 통째로 터져있어 생각보다 넓은 편이었다. 그의 사촌이 급작스레 상해로 이사를 하는 바람에 아직 정리하지 못한 빈집이었다. 그래선지 실내에는 생활용품을 비롯한 쓸 만한 가구들이 그대로 버려져 있었다.

"진 교수가 오늘은 구경 좀 시켜줄까?"

화지아는 기대에 찬 표정으로 나를 쳐다봤다.

"그럴 거 같지 않은데. 벌써 두 시가 넘었는데 오질 않잖아."

나는 그가 끓여놓은 물을 잔에 따라 한 모금 들이켰다.

"같이 나가볼까?"

"말도 안 되는 소리 마. 삼촌은 한국에서도 길치였는데, 이 복잡한 주택가를 어쩌자고 그런 소리야?"

나는 그의 엉뚱한 도발이 은근히 걱정되어 엄포를 놓듯 소리쳤다.

"괜한 생각 말고 그냥 올 때까지 기다려. 그게 상책이야."

화지아는 입맛을 다시며 창가로 가 커튼을 들추고 밖을 내다봤다. 나는 뻣뻣해진 팔과 다리를 흔들며 간단한 체조로 몸을

풀었다. 그는 침대로 돌아와 벌렁 드러누우며 혼잣말로 중얼거
렸다.

"괜히 열차표를 부탁했나. 이럴 줄 알았으면 여기서 며칠 더
쉬는 건데."

화지아는 어젯밤 우리를 이곳에 내려놓고 진 교수를 따라 어
디론가 가려하는 그녀에게 광저우(廣州)행 열차표를 부탁했다.
무슨 마음을 먹었는지 그는 선유사를 내려온 뒤 곧장 날이 밝으
면 떠나야겠다고 했다. 원래대로라면 오늘 출발했어야 옳지만,
그녀는 부탁을 들어주는 대신 서안의 유적지와 문화재를 운운
하며 며칠 더 묵을 것을 권유했다. 나는 개운치 않았지만 속으
로 이제야 중국의 진면목을 볼 수 있겠구나 하는 생각에 광저우
행을 서두르는 그를 가만히 만류했다. 화지아는 할 수 없이 그
럼 이틀 뒤 출발할 열차표를 구해달라고 간곡히 부탁했다.

나는 씻을 생각도 없이 점퍼를 챙겨 입고 다시 자리에 누웠
다. 화지아는 이불을 가슴까지 끌어안고 돌아누웠다. 이따금씩
서로 깨어있나 확인하려는 무의미한 말을 건네며 자는 둥 마는
둥 하릴없이 시간을 흘려보냈다.

커튼 사이로 세어들던 햇살이 사라지고 어스름이 내릴 무렵
화지아는 더 이상 배고픔을 참지 못하고 벌떡 일어났다.

"아, 씨빨. 우릴 굶겨 죽일 작정이야, 뭐야."

화지아는 잔뜩 골난 표정으로 기내가방을 놓아둔 현관 쪽을 향해 성큼성큼 걸어갔다.

"명철아, 일어나. 가자."

"어딜 가려고?"

나는 이불을 걷고 일어나 손목시계를 들여다봤다. 저녁 6시를 조금 넘은 시각이었다.

"꽝저우로 가야겠다."

"삼촌, 감정적으로 나서지 마. 바쁜 일이 있는 모양이지. 좀 더 기다려보자구."

나는 떠날 채비를 하려는 그를 향해 소리쳤다. 화지아는 잠시 망설이다 혼잣말로 욕을 내뱉고는 창가로 가 커튼을 들추고 밖을 내다봤다.

"도대체 오는 거야, 마는 거야."

시계추처럼 실내를 왔다 갔다 반복하는 그의 얼굴이 초조함으로 인해 점점 어둡게 변해갈 무렵 그녀가 현관문을 열고 급하게 안으로 들어섰다.

"미안해요. 오래 기다리셨죠?"

"아니, 왜 이렇게 일찍 오셨어요? 얘가 기다리다 아주 속이 다 탔다네요."

화지아는 비아냥대며 자신이 하고 싶은 말을 은근슬쩍 내게 돌렸다.

"이쪽, 서예협회 일을 보고 오느라 좀 늦었어요. 미안해요. 배고플 텐데, 어서 짐 정리해서 나오세요."

그녀는 웃는 얼굴로 연신 미안하다는 말을 내뱉었다. 우리는 차례로 세면을 하고 떠날 채비를 꾸려 밖으로 나왔다. 나는 진 교수가 기다리고 있는 승합차에 짐을 싣고 화지아와 나란히 뒷자리에 앉았다. 보조석에 앉은 그녀가 진 교수에게 출발을 알린 뒤 우리를 돌아보며 표를 건넸다. 광저우로 떠나는 기차 시각은 이틀 뒤 오전 7시 정각이었다.

"좀 이른 시간이죠? 그것도 어렵게 구한 거예요. 서안역장님 덕분인 걸 알아두세요."

"아유, 신세 안 잊겠습니다."

화지아는 자신의 승차권을 앞뒤로 살펴본 뒤 내게 건넸다.

"신세라면 부담 가질 필요 없어요. 서로 도울 일이 있을 테니까. 어제 선유사에서 나눈 얘긴 차차 자세히 설명해드릴 테니, 한번 생각해보세요. 요즘 시대는 예술도 산업이란 거 아시죠?"

그녀는 자신의 명함을 꺼내 화지아에게 건넸다. 그리고는 오늘 저녁 좀처럼 있을 수 없는 특별한 초대를 받게 되었다는 말을 덧붙였다. 나와 화지아는 아무 대꾸도 하지 않은 채 서로의 얼굴만 힐끔거렸다.

먹물처럼 새카매진 어둠을 가르고 도착한 곳은 '西安飯店'이란 굵은 글씨가 새겨진 4성급 호텔이었다. 그곳에서 보이에게 짐을 맡기고 우리는 진 교수의 안내에 따라 로비를 가로질러 중앙계단을 통해 2층으로 올라갔다. 넓은 복도의 양쪽으로 커다란 룸이 있었는데, 그 중에 가운데 문이 반쯤 열려 있어 환한 빛이 흘러나오는 곳으로 다 같이 몰려 들어갔다.

"오, 하오 지우 부 찌엔."

원형의 넓은 테이블에 띄엄띄엄 앉아 있던 몇 명의 사내들이 일제히 자리에서 일어나 그녀를 반갑게 맞이했다. 그녀는 한 명씩 차례로 포옹을 한 뒤 화지아와 내게 그들을 소개했다.

"인사 나누세요. 이 분은 서안 서지현 군수세요. 저 분은 서안시의 국장이시고요."

그녀는 그들에게 뭐라고 떠들었다. 아마도 우리를 소개하는 모양이었다. 주윤발을 연상케 하는 서안시 국장이라는 덩치 큰 사내가 우리에게 주름 가득한 웃음을 지어보이며 악수를 건넸다. 화지아는 두 손으로 힘차게 손을 맞잡으며 포옹했다.

모두들 자리에 앉자 다섯 명이나 되는 웨이트리스들이 음식을 들여오기 시작했다. 찐빵과 양고기, 연근, 마파두부, 구운 돼지고기 그리고 얇게 저민 개고기와 좁쌀스프, 10년이 넘게 보관된 뒤 시중에 나와 팔린다는 마오이주 등 온갖 푸짐한 음식들

이 테이블을 가득 채웠다. 음식은 우리 때문인지 아니면 그녀를
배려해서인지 시앙차이 냄새가 거의 나지 않아 모처럼 배를 불
릴 수 있었다. 화지아는 신이 났는지 독한 술을 몇 잔이나 한꺼
번에 털어 넣었다.

"야, 난 이 대륙이 좋아 죽겠다. 어, 그래, 마인드가 통해."

화지아는 국장에게 한국에서 유행하는 술 마시기 방법이라며
러브샷을 가르쳐줬다. 그리고는 이미 반쯤 취했는지 자리에서
일어나 그의 이마에 쪽 소리가 날 정도로 진한 뽀뽀를 했다. 주
위 사람들은 그의 도발적인 행동을 보며 중국인 특유의 호방한
웃음을 쏟아냈다. 화기애애한 분위기 속에서 즐거운 저녁시간
은 그렇게 매듭지어지고 있었다.

"명철아, 병 잘 챙겨라. 그 병이 자그마치 중국돈 백 위안이
란다."

자리가 파하고 남은 음식이 치워지는 동안 화지아는 목까지
새빨개진 얼굴로 병을 챙기고 있었다. 그때 일행과 함께 밖으로
나갔던 그녀가 다소 긴장된 표정으로 돌아왔다.

"국장님께서 댁으로 초대하고 싶다는군요. 지금."

그녀는 아울러 이런 일은 정말 있을 수 없다, 자신도 아직 국
장님 댁에 가본 적이 없다, 그들은 당신을 한국에서 주목받는
동양화가로 알고 있다는 말을 의미심장하게 덧붙였다. 나는 손

목시계의 시간을 확인한 뒤 화지아를 향해 고개를 흔들었다.

"이거, 영광입니다. 하하."

화지아는 우리가 무얼 할 수 있다면 해야 하지 않겠냐는 비장한 표정으로 나를 바라봤다. 나는 다시 고개를 흔들었다. 그러나 화지아는 내 쪽은 처다보지도 않고 문 쪽을 향해 씩씩하게 걸어 나갔다. 나는 어쩔 수 없이 그의 완고한 고집에 이끌려 밖으로 나갔다.

호텔의 입구에는 우리가 타고 온 봉고차와 검은 세단 한 대가 대기하고 있었다. 화지아와 나는 한 번도 타본 적이 없는 벤츠의 부드러운 시트에 몸을 얹었다.

우리는 깜깜한 어둠 속에 잠긴 시멘트 도로와 황량한 황톳길을 대략 30분쯤 달려 십여 가구 정도가 몰려 있는 주택가에 도착했다. 국장이 산다는 집은 그 중에서도 제일 큰 이층 저택이었다. 커다란 대문이 자동으로 열리자 벤츠는 그대로 정원까지 들어갔다. 마당에는 이름을 알 수 없는 과실나무들이 늘어져 있고 고대 유적처럼 보이는 돌조각들이 어둠 속에서도 그 위용을 자랑하고 있었다. 현관을 들어서자 실내는 신발을 벗을 필요가 없게 되어 있었는데, 그것은 그런 구조로 만들어졌기 때문이 아니라 그들의 풍습 때문이었다. 거실에는 가죽 소파가 테이블을 중심으로 나란히 마주해 있고 한쪽 벽면에 세워진 온풍기에선 뜨거운 바람이 쏟아져 나오고 있었다. 커튼이 처진 창가 쪽엔 일제 상호가 새겨진 커다란 화면의 텔레비전이 세워져 있고, 왼편의 방문엔 '福'이란 붉은 글자가 거꾸로 매달려 있었다. 그곳을 향해 내 시선이 오랫동안 머물러 있었는지 국장은 나를 향해 뭐라고 지껄였다. 그녀는 복을 바라는 그들의 오랜 풍습에 대해 통역을 해줬다. 국장은 그림과 글에 대해 떠들어댔다. 그는 나름대로 지도층이라 그런지 한국을 여러 번 방문한 경험이 있다고 했다. 우리를 환대해주는 그의 모습에서 호감어린 감정 외에 다른 점은 찾아볼 수 없었다. 그러나 이상하게도 나는 여전히 긴장을 풀지 못하고 있었다.

얼마 뒤 국장은 우리를 2층으로 안내했다. 넓은 거실에 비해 2층으로 이어지는 계단은 두 사람이 나란히 지나기 어려울 정도로 좁은 편이었다. 복도를 따라 들어간 이층에는 오른편으로 거실 없이 두 개의 방과 서재가 나란히 위치해 있었다. 계단을 오르는 동안 줄곧 화지아의 어깨를 휘감고 있던 국장은 서재로 들어서자마자 그에게 붓을 꺼내 쥐어주며 뭐라고 떠들었다. 화지아는 불쾌한 얼굴로 그녀를 바라봤다.

"매화를 부탁하시는데, 사군자(四君子) 중에 가장 자신 있는 게 뭐죠?"

그녀는 다소 떨리는 목소리로 물었다. 화지아는 술독이 확 달아난 얼굴이 되었지만 애써 여유 있는 웃음을 지어보였다. 긴 서예용 탁자 위에 두 손을 얹고 잠깐 동안 고민에 빠져 있던 그는 그녀를 향해 천천히 고개를 저었다.

"그럼, 안 된다고 말하겠어요. 내가 괜한 실수를 했군요. 하지만 이건 알아두세요. 중국인들은 아무 이유 없이 환대를 베풀진 않아요. 그런 점에서 우리완 다르죠."

그녀는 담배를 문 채 대답을 기다리고 있는 국장에게 귓속말을 건넸다. 국장은 조금 언짢은 표정으로 서재 구석에 놓여 있는 책상 앞으로 갔다. 나는 화지아에게 다가가 나가자고 하려던 순간 그가 사기로 된 용무늬 벼루를 꺼내 들어 보이며 뭐라고 소리치는 바람에 말을 멈췄다.

"거절하지 말아달라는군요."

그녀는 이제 어쩔 작정이냐는 듯 나와 화지아를 번갈아 쳐다봤다. 주위를 둘러본 나는 그에게 그만 가는 게 좋겠다고 재촉했다. 그러나 한참을 망설이던 그는 국장에게 다가가 사기벼루를 건네받았다. 그리고는 서예용 탁자 위에 조심스럽게 내려놓고 먹을 집어 들었다. 돌돌 말려 있는 화선지를 넓게 펴고 말없이 먹을 갈기 시작했다. 실로 몇 년 만에 먹을 만져보는 걸까. 그는 차를 몇 모금 입에 담아 화선지에 내뿜더니 떨리는 손을 들어올렸다. 나는 혹시라도 그가 실수를 저지를까 싶어 걱정이 되었다. 화지아는 들고 있던 붓으로 민첩하게 무언가를 그리기 시작했다. 그의 붓 끝을 따라 그려지는 먹선은 젖은 화선지 위에서 부옇게 번져 일어나며 괴석을 만들어냈다. 여러 개의 괴암들이 서로 층을 이루어 여백의 호수 위로 불쑥불쑥 솟아올랐다. 맑은 호수 위에 비친 괴암들의 그림자 위로 한 마리 나비가 날아드는 장면을 가만히 지켜보고만 있던 진 교수가 고개를 살짝 끄덕이며 한 마디 내뱉었다. 하오. 이에 숨죽이고 있던 사람들은 일제히 알 수 없는 말로 환호를 질러댔다. 국장은 매우 흡족한 표정으로 그를 덥석 껴안았다. 온몸의 맥이 풀린 나는 그제야 슬그머니 서재를 빠져 나왔다.

화지아는 돌아오는 차 안에서 아무 말도 하지 않았다. 다만 국장의 집을 나와 차에 오르기 전에 내게 사기벼루 이야기를 짧게 꺼냈다. 내 평생 그런 귀한 벼루에 언제 또 먹을 갈아보겠어? 그답지 않은 차분한 말투였다. 일행은 반점으로 돌아와 각자 배정 받은 방으로 들어갔다. 503호의 문을 열자 입구 안쪽에는 나와 화지아의 짐이 가지런히 놓여 있었다. 그때까지도 근엄한 자세를 유지하고 있던 그는 목에 건 가방을 끌러 내려놓자마자 침대로 달려가 풀썩 드러누웠다. 나는 주위를 둘러봤다. 하얀 이불이 덮인 두 개의 침대와 냉장고, 거울이 달린 화장대가 놓여 있는 실내는 한국의 웬만한 모텔과 다를 게 없었다. 그는 긴장이 풀린 탓인지 깊은 한숨을 쏟아냈다. 나는 점퍼를 벗어 옷걸이에 걸어 놓고 양말을 벗었다. 화장실로 가 샤워기를 틀어 놓고 물이 따듯해지길 기다리는 동안 고래고래 질러대는 그의 고함소리에 귀를 막아야했다.

"이런 개새끼들. 한국에선 내 그림 좆도 몰라줬는데. 아, 이 대륙이 날 알아주는구나."

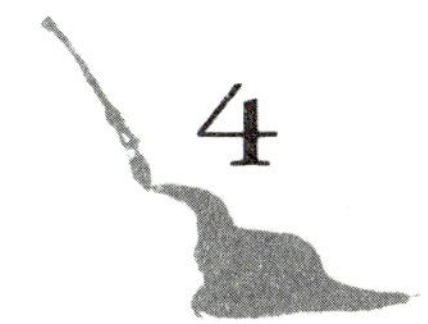

4

화지아는 좀처럼 일어날 기색을 보이지 않았다. 김밥 속 단무지처럼 둘둘 말린 이불 속에서 몸을 웅크린 채 꼼짝하지 않았다. 나는 누운 채로 침대 옆 테이블에 놓아둔 손목시계를 집어들었다. 벌써 오전 11시가 훌쩍 넘어 있었다. 이른 아침에 서예가와 진 교수가 번갈아 찾아와 아침을 먹으라고 했지만 화지아가 꿈쩍을 하지 않는 바람에 피곤하다는 핑계를 대고 지금까지 잠을 잤는데, 이렇게 시간이 흘렀는지 몰랐다.

"일어나. 배고프잖아."

나는 화지아를 향해 말했다. 그러나 그는 들은 척도 하지 않왔다. 나는 몇 번인가 일어나라고 소리치다 포기하고는 먼저 자리에서 일어나 화장실로 갔다. 간단히 세면을 마치고 밖으로 나왔다. 화지아는 여전히 이불을 말고 누워 있었다.

"삼촌, 일어나라구. 벌써 11시가 넘었어."

내가 큰소리로 다그치자 그는 말린 이불 속으로 머리를 처박았다.

"이렇게 꾸물대간 오늘 하루도 종칠지 몰라. 어서 일어나."

화지아는 여전히 꼼짝하지 않았다.

"진짜, 일어나라니까. 점심은 먹어야 될 거 아냐."

"어, 점심? 먹어야지."

화지아는 점심이란 말에 이불을 헤치고 벌떡 일어났다.

"아, 너무 잤나봐. 이 볼륨 있는 허리라인이 막 땡기네."

그는 떡진 머리에 부은 얼굴로 나를 향해 유쾌한 웃음을 지어 보였다. 나는 생수를 한 컵 따라 건네주고 옷을 챙겨 입었다. 화지아는 꼴깍꼴깍 물 한 잔을 다 비우고는 콧노래를 부르며 화장실로 들어갔다. 그가 샤워를 하고 있는 동안 나는 벗어놓은 옷가지를 정리했다. 얼마 뒤 노크 소리가 들렸다. 나는 이불을 걷어 잘 접어놓고는 재빨리 문을 열었다.

"실컷 잤어요? 점심은 먹을 거죠?"

서예가가 밝은 얼굴로 나를 바라보며 물었다.

"네. 곧 내려갈게요."

나는 어색한 미소를 지어보이고는 문을 닫았다. 샤워를 끝내고 나온 화지아가 나갈 채비를 꾸릴 때까지 침대 한 귀퉁이에 앉아 멀뚱히 그를 바라봤다. 화지아는 노란 줄무늬 팬티를 입은 채 늘어진 뱃살을 한손으로 쓰다듬으며 내 쪽을 향해 윙크를 해보였다. 나는 그의 에로틱한 표정을 보고는 피식 웃음을 흘렸다.

우리는 넓은 중앙 계단을 통해 내려와 2층 식당으로 들어갔다. 그곳에는 이미 서예가와 진 교수가 자리를 잡고 앉아 차를 마시고 있었다. 나와 화지아는 고갯짓으로 인사를 건네고 진 교수가 권하는 대로 자리를 잡고 앉았다. 테이블 위에는 이미 눈을 호사스럽게 만드는 많은 요리들이 차려져 있었다. 그러나 서예가 덕분에 향신료를 뺐다고는 하지만 화려한 색깔을 자랑하는 음식들에선 여전히 희미한 시앙차이 냄새가 났다.

"차? 푸얼, 보이차?"

진 교수가 나와 화지아를 보며 어색하게 물었다. 그녀는 웃으면서 진 교수가 보이차를 권하는 거라고 말해주었다. 우리는 잔을 들어 진 교수가 따라주는 보이차를 차례로 받았다. 투명하고 붉은 빛깔의 차는 약간 지푸라기 냄새가 났지만 구수하면서도 은은한 향이 그런대로 괜찮았다. 나는 입맛에 맞는 음식을 고르기 위해 진 교수의 눈치를 살피며 이것저것 젓가락을 대보았다. 내가 음식들을 들었다 놓았다 하는 동안 화지아의 시선은 자사로 된 찻주전자에 머물러 있었다.

"또 슬쩍하진 않겠지."

나는 그를 향해 낮은 목소리로 말했다.

"아, 음식들이 정말 산해진미가 따로 없네. 생선 요리도 그렇고 여기 이 돼지고기 요리도 그렇고 아주 작품이네, 작품이야. 야아, 이 야채국수 국물 좀 봐라. 요리가 예술이네, 예술이야. 내 말, 지금 진 교수님께 통역하고 있는 거 맞죠? 먹지만 말고 부지런히 통역하세요."

화지아는 내 말을 무시한 채 서예가에게 말을 건네며 억지웃음을 쏟아냈다. 나는 여전히 젓가락만 부지런히 놀려대고 있을 뿐이었다.

"하여튼 얘는 복 쫓는 게 취미에요. 특기는 취미 살리기냐?"

화지아는 인상을 찌푸리며 못마땅한 얼굴로 나를 바라봤다. 나는 그를 외면한 채 밥그릇을 들고 찰기 없는 쌀밥을 입 안으로 밀어 넣었다. 고추장이 있었으면 하는 간절한 마음을 억누르며 밥알을 꼭꼭 씹어 넘겼다. 식사를 하는 동안 서예가와 진 교수는 무슨 말인가 계속해서 주고받았다. 진 교수의 밝은 표정과는 달리 서예가의 표정은 사뭇 진지해보였다. 그녀는 진 교수의 말에 연신 고개를 끄덕이면서도 가끔씩 우리를 힐끔거리며 진 교수를 향해 양손을 저어보였다. 나는 화지아에게 눈짓을 보냈지만 그는 대수롭지 않다는 듯 먹는 일에만 열중했다.

"명철아, 여기서 찐시황릉이 가깝다고 그랬지?"

화지아는 입 안에 내용물을 잔뜩 넣고는 대뜸 물었다.

"글쎄, 잘 모르겠어. 산시성 서안의 외곽이라고 들었던 거 같긴 한데."

"그게 그렇게 어마어마하게 크다면서?"

화지아는 서예가를 힐끔거리며 목청을 높였다.

"어, 총 네 개의 갱의 발견됐는데 그 넓이가 엄청나다고 들었어."

"야, 그거 눈으로 보면 정말 죽이겠다. 근데, 찐시황이 오래 살려고 별 짓을 다했다는 게 정말이니? 몸에 좋은 온갖 산삼은 다 처먹고 어린 계집애들도 데리고 자고 그랬다던데? 아주 부러운 짓은 다했네. 야, 부럽다. 부러워. 내가 시황제로 태어났어야 되는 건데. 오―, 마이 찐시황."

화자아는 서예가와 진 교수를 번갈아 쳐다보며 큰소리로 웃어댔다.

"근데, 오늘은 아무래도 힘들 거 같은데."

나는 실망스런 표정을 들키지 않기 위해 애써 손목시계를 들여다보며 대꾸했다.

"얘가 무슨 소릴 하는 거니?"

화지아는 과장된 몸짓으로 젓가락을 내려놓으며 이번에는 나와 서예가를 번갈아 쳐다봤다.

"지금 서두르면 볼 수 있을지도 모르겠지만, 찾아가는 게 문제잖아. 어차피 내일은 광저우로 가야할 테고. 지금밖에 시간이 없는 건 사실이지만 상황이……."

나는 차를 홀짝이며 서예가를 바라봤다. 그녀는 굳은 표정으로 진 교수의 말을 듣고 있었다.

"너 미쳤니? 그 좋은 걸 안 보고 어딜 가려고? 안 되겠다. 빨리 서두르자."

화지아는 갑자기 호들갑을 떨며 자리에서 일어났다.

"병마용갱이 아니라 서안의 모든 명소들까지 원한다면 언제든 보여드릴 수 있어요. 물론, 제가 안내해드릴 수도 있고요. 하지만 그보다 더 중요한 일이 생겼어요. 그 일만 잘 되면 찬기씨와 명철씨 두 분은 여기 있는 동안 정말 놀라운 환대를 받게될 거에요."

침묵을 하고 있던 서예가가 불쑥 입을 열었다.

"명철아, 이게 무슨 말이래니?"

화지아는 떨떠름한 표정으로 내 쪽을 향해 물었다. 나는 고개를 가로 저었다.

"오늘 저녁 두 분이 허락만 한다면, 이 서안시에서 가장 높은 공산당 간부의 집에 초대 받게 될 거에요. 거기서 찬기씨가 실력만 제대로 발휘해준다면 여기 있는 동안 두 분은 상상 이상의 대접을 받게 될 거란 말이죠. 어젯밤 찬기씨의 그림에 반한 국장님께서 당 고위 간부에게 그 말을 전하셨다고 하네요. 그랬더니, 오늘 저녁 당장 초대하겠다는 거예요. 여기 진 교수 말로는 그 분께서 지금까지 외국인을 집으로 초대한 적이 한 번도 없다고 하네요. 저도 이런 일이 연속해서 벌어지니까 당혹스럽긴 하지만, 찬기씨 덕분에 왠지 좋은 일이 생길 것 같아 기대되는데요."

서예가는 수락을 기다리는 눈빛으로 화지아를 쳐다봤다. 나는 아무 생각도 들지 않았다. 화지아는 자리에 털썩 주저앉아 찻잔에 눈을 멈추고 뭔가 고민하는 듯했다. 그러자 진 교수는 우리를 향해 뭐라고 떠들었다.

"환대받는 것은 좋지만 좀 부담스럽네요. 일이 자꾸 커지는 것 같아 불안하기도 하고요. 저희는 단지 관광이나 하러 온 것뿐인데, 더 이상의 배려는 사양하겠습니다."

나는 서예가를 향해 정중히 거절의 말을 건넸다.

"공산당 간부면, 어느 정도 높은 사람입니까? 그래, 그 높은 양반이 내 그림을 보고 싶다 이 말이죠? 이 강찬기 그림을 간절히 원한다 그 말이죠? 그렇다면 그 양반이 날 세 번은 찾아와야 하는데. 안 그러니, 명철아? 하하.”

화지아는 서예가를 보며 얼마든지 가능하다는 듯 호기로운 표정으로 찻잔을 들어보였다.

“역시 찬기씨는 예술가시군요.”

그녀는 한결 가벼운 표정으로 진 교수에게 무슨 말인가 건넸다. 그러자 진 교수는 씨에씨에를 연발하며 술을 주문했다. 우리는 연잎으로 만들었다는 독한 술과 함께 두 시간이 넘게 식사를 했다.

오후 세 시가 넘어 방으로 올라온 나와 화지아는 술기운을 이기지 못해 그대로 각자의 침대 누워 잠이 들었다.

＊

띠릭띠릭띠릭…….

전화벨이 울렸다. 나는 잠결에 손을 뻗어 머리맡에 놓인 수화기를 집어 들었다. 충분히 휴식했냐는 서예가의 목소리가 수화기를 통해 불쑥 튀어나왔다. 나는 무의식중에 자리에서 일어나 앉아 손목시계를 들여다봤다. 오후 4시가 조금 안 된 시각이었다. 나는 준비하겠노라고 대답하고 수화기를 내려놓았다. 정각 5시에 로비로 내려오라고 한 그녀의 말을 화지아게 큰소리로 전하곤 다시 누워 버렸다.

우리는 그런대로 제 시간에 맞춰 로비로 내려왔다. 다행히 옷을 입고 잠이 든 탓에 그녀의 전화를 받고 재빨리 나올 수 있었다. 나와 화지아는 그녀를 따라 호텔 입구로 나왔다. 밖에는 진 교수의 봉고차가 대기하고 있었다. 그녀는 진 교수의 옆자리에 타고 화지아는 아직 잠이 덜 깬 얼굴로 아니, 술이 덜 깬 얼굴로 나와 함께 뒷좌석에 올랐다.

우리를 태운 봉고차는 서서히 어둠 속에 잠겨가는 시멘트 도로 위를 불안하게 달리기 시작했다. 나는 말없이 창밖을 바라봤다. 한참을 달리는 동안 진 교수와 서예가는 가끔씩 짧은 대화를 주고받았다. 나는 여전히 침묵한 채 스쳐지나가는 풍경만 바라봤다. 화지아는 여전히 얼이 나간 얼굴로 눈을 감은 채 무슨 주문을 외우듯 "벤츠는 왜 안 오는 거야?"를 계속해서 읊조렸다. 우리는 대략 40분쯤 달려 어느 주택가에 도착했다.

진 교수는 파란 철문이 달린 주택 앞에 차를 세우고 어딘가로 전화를 걸었다. 서예가는 팔짱을 낀 채 고개를 돌려 다 왔으니 어서 정신 차리라는 듯 화지아를 쳐다봤다. 잠시 뒤 대문이 열리고 붉은 비단옷을 차려입은 중년의 여자가 나타났다. 우리는 차에서 내려 그녀의 안내에 따라 안으로 들어갔다. 이 집이 서안시에서 제일 높은 공산당 간부의 집이란 말인가. 국장의 집과 규모는 비슷했지만 정원은 그보다 검소한 편이었다. 아니, 국장의 집에 비하면 오히려 초라했다. 넓은 정원의 한쪽 가장자리에는 한나라시대의 해태와 비슷한 돌사자 한 마리가 서 있고 그 왼편으론 약 2미터 가량 돼 보이는 사각돌확 하나가 떨렁하니 놓여 있었다.

"오―, 쭈윤발."

화지아는 현관에 서 있는 국장을 보며 두 팔을 치켜들었다. 국장은 호탕한 웃음으로 우리를 맞이해주었다. 나는 국장의 곁에 서 있는 풍채가 큰 사내를 쳐다봤다. 눈매가 매서워 보이는 사내는 표정 없는 얼굴로 들어오라고 손짓했다. 우리는 중년 여자의 안내를 받고 거실로 들어갔다. 실내는 생각했던 것과 달리 너무 소박했다. 가죽으로 된 소파와 세월의 흔적이 묻은 작은 느티나무 탁자 그리고 벽 쪽에 세워진 텔레비전 한 대가 전부였다. 우리는 손님이 남쪽 방향으로 앉는 거라는 사내의 말에 따라 자리를 조정해 앉았다. 사내의 아내로 보이는 여자는 어딘가로 사라지고 우리는 사내가 시키는 대로 간단히 자신을 소개했다. 화지아는 웃는 얼굴이었지만 잔뜩 긴장한 기색이 역력했다. 나와 화지아는 짧게 자신의 신분을 밝혔지만 서예가는 사내에게 우리의 이력을 한참 동안이나 설명했다.

"다른 분들은 이미 알고들 계시니까 소개는 생략하고요. 그럼, 마지막으로 이 집의 주인께서 소개를 해주시겠습니다."

서예가는 나와 화지아를 번갈아 쳐다보며 사내의 이력을 통역하기 시작했다. 사내는 그녀의 통역을 지켜보며 천천히 또박또박 자신을 소개했다. 사내의 이름은 왕거민. 그는 공산당 지방각급위원회의 최고위원으로 당의 상급조직과 기층조직의 원활한 연계를 담당하는 역할을 하고 있다. 취미로는 골동품과 그림을 수집하고 있는데, 앞으로 그가 하고 싶은 일은 작은 문화박물관을 만드는 것이라고 했다.

"골동이 다 죽었냐? 왜 내 눈엔 하나도 안 보이니, 명철아?"

화지아는 주변을 향해 눈알을 굴려대며 말했다. 나는 가만히 화지아의 손목을 쥐었다 놓았다. 그가 계속해서 볼멘소리로 지껄이는 동안 여자가 차를 내왔다. 그녀는 찻잔을 내려놓으며 우리를 향해 뭐라고 떠들었다.

"30년이 넘은 보이차라 향이 아주 좋다고 하네요."

서예가가 찻잔을 들며 말했다. 우리는 차를 마시며 사내의 말을 경청했다. 그는 중국의 근대사에 대해 이야기했다. 여자는 우리의 찻잔이 비워지기도 전에 계속해서 차를 채웠다. 커다란 자사주전자가 다 비워질 무렵 사내는 정색한 얼굴로 화지아를 바라보며 무슨 말인가 내뱉었다. 서예가는 우리의 시선을 애써 피한 채 이층으로 올라가자며 자리에서 일어났다.

사내는 앞장서서 이층으로 올라가는 계단 쪽으로 성큼성큼 걸어갔다. 그의 커다란 뒤통수와 단단한 등판을 보니, 마치 시커먼 곰 한 마리가 실룩실룩 계단을 오르고 있는 것처럼 보였다. 화지아는 이층에 올라가면 진수성찬이 기다리는 거냐며 나를 향해 해맑은 미소를 지어보였다. 우리는 사내의 뒤를 따라 좁은 계단을 올라갔다.

이층 계단의 끝엔 잉어 모양의 무쇠 자물쇠가 달린 나무문이 가로 막혀 있었다. 사내는 잠긴 문을 열고 안으로 들어섰다. 나와 화지아는 서예가의 말에 따라 신발을 벗고 안으로 들어갔다.

실내는 주위를 볼 수 없을 정도로 깜깜했다. 사내가 스위치를 올리자 금세 환해지며 모든 사물들이 한 눈에 들어왔다. 하나의 공간으로 이루어진 이층은 매우 넓은 공간이었다. 창이 없는 실내의 한 가운데엔 자단으로 만든 넓은 탁자와 화류의자들이 놓여 있었고 사방의 장식장에는 시대를 알 수 없는 온갖 유물들이 형광등의 빛을 받아 휘황한 불빛을 내뿜고 있었다.

"오, 마이 갓."

화지아는 탄성을 자아냈다. 사내는 표정 없는 얼굴로 주위를 둘러봐도 괜찮다는 듯 가볍게 어깻짓을 했다. 장식장에는 온통

도자기들이 가득했다. 정교함과 화려함을 자랑하는 도자기들은 한나라시대부터 청나라시대 때 것으로 모두 합법적으로 모은 거라고 했다. 사내는 앞으로 십 분의 시간을 줄 테니 그 안에 감상을 끝내라고 했다. 나는 도자기들에 그려진 온갖 종류의 동물들과 꽃들을 쫓기듯 바라봤다. 국장은 팔짱을 낀 채 나를 보며 빙글빙글 웃어보였다. 진 교수는 진지한 얼굴로 화병들을 바라보고 있었다. 서예가 역시 경이로운 표정으로 유물들을 바라봤다. 그런데 유독 화지아만이 그 많은 도자기들 사이에서 손바닥만한 나무 조각 하나를 꺼내들고 뭔가 유심히 살피고 있었다. 나는 곁으로 다가가 그의 손에 쥐어진 이상한 물건을 들여다봤다. 남자인지 여자인지 모를 형상이 등에 어린 아이를 업고 있는 소나무 조각상이었다. 등에 업힌 어린 아이의 모습은 세밀하게 조각되어 있었지만 아이를 업은 형상은 겨우 얼굴의 윤곽만 알 수 있어 사람이라는 것 외엔 성별은 구별하기 어려웠다. 도대체 이게 뭘까. 얼굴은 얼핏 화가 난 것 같기도 하고 아파서 울고 있는 것 같기도 한데. 화지아는 조각품을 든 채 말없이 이리저리 살피고 있었다.

"카이시."

사내는 화지아를 보며 단호한 어조로 말했다. 서예가는 그를 향해 시작하라는 눈짓을 보냈다. 화지아는 조각품을 내려놓고는 탁자 한가운데로 나왔다. 사내는 준비했다는 듯 탁자 위에 놓인 함을 열고 붓과 벼루, 연적, 두루마리 화선지 한 묶음을 하나씩 꺼내 내려놓았다. 화지아는 화선지 한 장을 풀어내 쫙 펼쳐놓고는 잠시 생각에 잠겼다. 주위엔 긴장이 감돌기 시작했다. 사내는 그녀를 향해 뭐라고 외쳤다.

"뭘 그릴 거냐고 묻고 있네요?"

그녀가 떨리는 목소리로 물었다.

"글쎄요. 그려봐야 알겠다고 하세요."

화지아는 잠깐 뜸을 들이다 대답했다. 서예가는 사내에게 소곤소곤 말을 건넸다. 국장은 저만치 떨어져 담배에 불을 붙였다. 화지아의 맞은편에 서 있던 진 교수가 벼루에 먹을 갈기 시작했다. 화지아는 꺼내놓은 붓을 보고는 함을 뒤져 남은 붓들을 모조리 꺼내 모필이 가늘고 필대가 제일 두꺼운 붓을 쥐어들었다. 그리고는 붓끝을 손으로 몇 번인가 휘었다 놨다를 반복했다.

"양호필이네. 좋지. 헌 하오."

화지아는 혼잣말로 중얼대더니, 모필에 먹을 이리저리 골고루 묻히기 시작했다. 이번엔 무슨 그림을 그리려고 저렇게 폼을 잡는 걸까. 불현듯 지난밤 국장의 집에서 벌어졌던 일이 떠오르자 불안과 기대감이 내 의식 속에서 한꺼번에 소용돌이쳤다. 화

지아는 먹을 잔뜩 머금은 붓을 들어 화선지에 그림을 그리기 시
작했다.

거친 먹선이 하단을 여러 번 긋고 지나갔다. 검은 선이 희미
해질 때까지 화선지의 하단은 덧칠해졌다. 그는 먹을 듬뿍 묻혀
똑 같은 작업을 여러 차례 반복했다. 화선지의 하단이 점점 먹
을 머금기 시작하면서 칠해지지 않은 작은 여백들은 하얀 점처
럼 드러났다. 그가 붓을 움직일 때마다 그 하얀 점들은 살아 움
직이는 듯했다. 멀리서 지켜보고 있던 국장이 몇 발짝 앞으로
다가왔다. 진 교수는 뒷짐을 진 채 엄숙한 표정으로 그림을 주
시하고 있었다.

덧칠에 몰입해 있던 화지아는 어느새 모필을 잔뜩 구부려 왼
쪽에서 오른쪽으로 힘껏 그어내다 붓끝을 솟구쳐 올리기 시작
했다. 거친 먹선은 검은 대지를 내달리다 눈부신 하늘을 향해
솟아오르는 사람의 그림자를 닮은 형상이 되어 화선지의 상단
여백을 향해 솟구쳐 올랐다. 나는 순간 온몸에 전율이 일었다.
그가 지금 무슨 짓을 하고 있는 걸까.

화지아는 미친 사람처럼 붓을 그어대고 있었다. 첫 번째 먹선
이 힘차게 오른쪽 상단의 여백을 향해 솟구쳤다. 이어서 두 번
째 먹선이 솟구쳐 올랐다. 그런데 세 번째 먹선이 솟구치려는
순간 검은 빛깔은 더 이상 나오지 않고 그 힘을 잃은 채 여백 위

에 흩어지고 말았다. 순간 화지아는 당황했다. 그는 재빨리 먹을 묻혀 덧칠을 했다. 네 번째 먹선이 어렵사리 솟구쳐 올랐다. 다시 다섯 번째 먹선이 솟구치려는데 붓을 잡은 그의 손이 심하게 떨리고 있었다. 나는 알 수 없는 두려움에 사로잡혔다. 그는 뭔가 자신만이 알고 있는 실수를 저지른 것 같았다. 나는 불안한 마음을 억누르며 주위를 둘러봤다. 사내를 비롯한 모든 사람들은 침묵한 채 탁자 위에 놓인 그림을 주시하고 있었다.

"가자, 명철아."

화지아가 갑자기 붓을 내려놓곤 내 쪽으로 몸을 돌이켰다. 서예가는 깜짝 놀라 그를 쳐다봤다.

"뭐해? 어서 가자니까."

화지아는 나를 향해 신경질적으로 소리쳤다. 나는 그를 멍하니 바라봤다. 사내가 잔뜩 인상을 쓰며 서예가를 향해 뭐라고 떠들었다. 그녀는 사내를 향해 무슨 말인가 건넸지만 그의 목소리가 점점 거칠어지기 시작했다.

"찬기씨, 지금 뭐하는 거예요?"

그녀가 몹시 당황한 말투로 물었다.

"그게 다 그린 거라고 전해주세요."

"아니, 어떻게 그리다만 그림을 다 그렸다고 말할 수가 있어요? 이런 경우 없는 짓이 어디 있어요."

서예가는 떨리는 목소리를 애써 참으며 말했다. 화지아는 못 들은 척 계단이 있는 문 쪽을 향해 뚜벅뚜벅 걸어 나갔다. 나는 어찌할 바를 몰라 우두커니 선 채 사내를 바라봤다. 뻘그죽죽한 얼굴의 사내가 서예가를 향해 손가락질을 해댔다. 그녀는 사내를 진정시키기 위해 어색한 웃음을 흘리며 뭐라고 떠들었다. 화가 단단히 솟았는지 육중한 몸의 사내는 국장에게 덤벼들 듯 고함을 쳐댔다. 올백의 국장은 당혹스런 표정으로 달려가 화지아의 어깨를 잡아챘다. 투명한 유리가 산산조각 나듯 긴장이 흐르던 분위기는 한순간 쨍하고 파장이 났다. 사내는 국장을 향해 계속해서 소리쳤다. 국장은 난감한 표정으로 화지아의 어깨를 잡은 채 서예가를 바라봤다. 그때였다. 진 교수가 갑자기 화선지 한 장을 풀어내 빠른 속도로 그림을 그리기 시작했다. 검은 먹선이 하얀 여백을 달리며 조금씩 형체를 드러냈다. 거친 갈퀴를 휘날리며 달리는 두 쌍의 검은 말이 순식간에 그려졌다. 그 야생의 말들은 힘차게 앞을 내달리며 서로 힘겨루기를 하고 있었다. 진 교수는 그 그림을 들고는 재빨리 사내 앞으로 갔다. 분노에 찬 사내가 씩씩거리며 진 교수를 바라봤다. 진 교수는 자신이 그린 그림을 들어 보이더니 한 치의 망설임 없이 그대로 찢어버렸다. 그리고는 사내에게 찢긴 그림을 쳐들어 보이며 뭐라고 떠들어댔다. 그러자 사내는 분을 억누르는 듯 주위를 둘러보다 그만 다들 나가라고 했다. 서예가는 서둘러 계단 쪽으로 걸음을 재촉하며 우리를 향해 나오라고 손짓했다. 우리는 진교수를 남겨둔 채 서예가를 따라 황급히 집 밖으로 빠져나왔다.

진 교수의 봉고차 앞에서 그를 기다리는 동안 그녀는 침통한 표정으로 저녁 하늘을 바라봤다. 화지아는 그녀에게 등을 돌린 채 땅바닥을 주시하고 있었다. 얼마 뒤 진 교수가 대문을 열고 나왔다. 그는 말없이 차에 올랐다. 나는 그의 눈치를 살피며 화지아와 함께 차에 올랐다. 마지막으로 차에 오른 그녀가 진 교수에게 무슨 말인가 건넸지만 그는 아무런 대꾸도 하지 않았다. 나는 화지아를 외면한 채 창밖을 내다봤다. 그가 정말 그 그림을 다시 그리려고 했던 걸까. 나는 그에게서 받았던 팸플릿 속의 그림 한 점을 아련히 떠올렸다. 대륙의 한. 그것은 분명 '대륙의 한'이었다. 끝없이 펼쳐진 중원의 대지(大地)를 호령하는 영혼들이 검푸른 하늘을 향해 춤을 추듯 솟아오르는……

5

쾅쾅쾅!

거칠게 문을 두드리는 소리에 잠에서 깼다. 화지아는 이불을 머리까지 덮어쓰고 꿈쩍도 하지 않았다. 나는 시린 눈을 비비며 문을 열었다. 진 교수가 안으로 들어와 뭐라고 떠들었다. 하지만 한 마디도 알아들을 수 없어 인상을 찌푸리며 연신 고개를 끄덕였다. 그는 내 무성의한 태도에 안심이 안 되는지 손목시계를 가리키며 한국말로 빨리, 빨리를 외쳤다. 나는 그제야 고개를 돌려 벽시계를 바라봤다. 새벽 5시가 조금 넘은 시각이었다.

"삼촌, 일어나라잖아."

몇 번이나 소리쳤지만 화지아는 송장처럼 꼼짝하지 않았다. 나는 잠깐 진 교수를 돌아보고는 슬렁슬렁 걸어가 이불을 확 걷어 젖혔다.

"에이, 씨빨."

화지아는 잔뜩 웅크린 자세로 머리를 감싸 쥐었다. 나는 어쩌 겠냐는 표정으로 진 교수를 바라봤다. 그는 상황을 파악했는지 성큼성큼 걸어와 화지아의 팔을 잡아당겼다. 그제야 간신히 한 쪽 눈을 뜨고 진 교수를 알아본 화지아는 고개를 주억거리며 일 어나 앉았다. 부스스한 머리를 긁적이며 억지웃음을 지어 보이 자 진 교수는 다시 큰소리로 다그치듯 알아들을 수 없는 말을 지껄였다.

"하오. 하오."

화지아는 자리에서 일어나 양말을 주섬주섬 껴 신었다. 진 교 수는 그 장면을 바라보다 나를 향해 한 차례 고개를 끄덕인 뒤 밖으로 나갔다. 나는 화장실로 들어가 간단히 세면을 해결하고 나와 침대 밑에 어질러진 물건들을 챙겼다. 화지아는 의자에 앉 아 신발 끈을 묶으며 투덜거렸다.

"깨끗한 척은 혼자 다 하는구나. 이런 데 오면 원래 안 씻는 게 정상이야. 이 비정상 같은 놈아."

화지아와 나는 짐을 꾸려 1층 로비로 내려왔다. 그곳에는 이미 그녀를 비롯해 진 교수 일행들이 대기하고 있었다. 우리는 호텔 입구에 세워진 봉고차를 타기 위해 밖으로 나왔다. 새벽이라 그런지 차디찬 공기가 폐부 깊숙이 밀려들었다. 우리는 짐을 싣고 남은 사람들과 작별인사로 악수를 나눴다. 그는 차에 오르자마자 좌석에 몸을 파묻고 잠을 청했다. 맨 뒤쪽에 앉은 나는 고개를 돌려 서서히 멀어져가는 호텔 정문을 바라봤다.

역으로 가는 동안 이른 시간인데도 불구하고 사람들은 어디론가 바삐 가고 있었다. 자전거를 타고 가는 남자들부터 가방을 메고 여럿이 무리지어 장난을 치면서 걷고 있는 어린 꼬마들에 이르기까지 모두 활기에 차 있었다. 나는 고개를 뒤로 젖혀 등받이에 기대고 보다 먼 곳을 바라봤다. 그러나 사람들의 부산한 움직임과는 달리 파노라마처럼 스쳐지나가는 마을의 전경은 어딘지 모르게 황량해 보였다. 차창으로 희끗한 흰 눈이 날아들기 시작했다.

어스름한 새벽, 짙은 안개를 뚫고 일행은 서안역에 도착했다. 우리는 역까지 배웅해준 진 교수의 배려에 감사의 뜻을 전하고 작별 인사를 나눴다. 화지아는 그녀의 손을 놓기 싫은지 두 손을 꼭 붙잡고 계속해서 아쉽다는 말을 늘어놓았다. 그녀는 힘없는 표정으로 하루 더 묵는다면 진 교수를 통해 서안의 화가들을 소개해주겠다고 했다. 나는 그의 점퍼 주머니를 잡아당겼다.

화지아는 두 손으로 그녀의 손을 꼭 붙잡고 있다 마지못해 놓았다. 그녀는 잠시 무슨 생각엔가 빠져있다 이내 화지아를 쳐다보며 조만간 빚을 받으러 갈 일이 있을지도 모르겠다고 했다. 그리고는 내 쪽을 향해 가벼운 미소를 흘렸다. 우리는 눈이 녹아 질척해진 땅의 마른 곳을 골라 디뎌가며 역의 입구를 향해 걸어갔다.

대합실은 콩나물시루처럼 잔뜩 끼어 앉은 사람들이 와글와글 야단법석이었다. 초록색 플라스틱 의자를 차지하고 앉아 어육을 씹고 있는 젊은 여자들과 가마니를 바닥에 깔고앉아 카드게임을 즐기고 있는 사내들, 보따리를 풀었다 여몄다 하는 노인네들까지 그야말로 성황 중인 시골 장터를 방불케 했다. 우리는 인파를 헤치고 광저우(廣州) 행 대기열의 맨 뒷줄로 가 기내가방을 눕히고 자리를 만들었다. 그는 주위를 한 번 둘러보더니 스프링노트를 꺼냈다. 그리고는 붓펜을 들어 대합실 광경을 그리기 시작했다. 그림을 그리는 동안 방한모를 쓴 노인이 다가와 고개를 디밀고 호기심 어린 눈으로 바라봤지만 이내 시큰둥해 자리로 돌아갔다. 화지아는 흥을 잃었는지 냉큼 노트를 덮어버렸다. 나는 그의 시선을 피하기 위해 고개를 돌린 채 눈을 감았다.

이윽고 개찰구의 문이 열렸다. 지루한 시간을 곱씹던 사람들이 저마다 짐을 챙기고 표를 꺼내들었다. 화지아와 나는 열을 따라 안으로 밀려들어갔다. 플랫폼에 도착한 우리는 번호표를 확인한 뒤 8번 차량에 올랐다. 화지아는 이리저리 사람들을 뚫고 좌석을 확인했다. 좁은 복도 맨 끝의 오른쪽 화장실과 맞닿은 4인용 침대칸이었다. 그는 기내가방을 받아 침대 밑에 밀어넣고 이층으로 올라갔다. 나는 배낭을 끌러 창가 쪽에 내려놓고 자리에 누웠다. 다행인지 불행인지 이 칸에는 우리뿐이었다. 맞은편 자리는 열차가 출발하고도 여전히 비어 있었다. 그는 잠이 들었는지 아무 말이 없었다. 나는 커튼을 내려 창을 가리고는 점퍼를 입은 채로 이불을 덮었다. 이제 26시간의 길고도 지루한 여정이 또 다시 펼쳐지겠지. 열차가 점점 속도를 내기 시작했다.

"저 광경 좀 봐. 굉장하지 않니?"

잠든 줄 알았던 화지아가 불쑥 머리를 거꾸로 디밀고 복도 쪽 창밖을 가리켰다. 나는 이불을 걷고 밖을 바라봤다. 창밖으로 스쳐지나가는 풍경은 단조로웠다. 황토 위에 세워진 낡은 가옥들의 지붕 위에 햇살이 내려앉아 그림자를 만들고 있었다. 어느새 사다리를 타고 내려온 화지아는 카메라를 들고 창밖의 풍경을 겨눴다. 그는 무슨 황홀경에라도 젖은 듯 야릇한 표정으로 한쪽 눈을 찔끔 감고 카메라의 셔터를 연신 눌러댔다. 나는 테이불 밑에 놓인 보온병을 꺼냈다. 그는 카메라 렌즈에 뚜껑을 덮고 맞은편 침대에 걸터앉았다.

"마셔봐."

나는 녹차를 타 건넸다. 그는 손목시계를 한 번 쳐다보곤 잔을 받았다. 나와 화지아는 창가에 등을 기대고 앉아 말없이 차를 홀짝였다. 화장실을 가려는 사람들과 음식을 파는 판매원이 이따금씩 복도를 지나다닐 뿐 별다른 일은 없었다. 나는 무료함을 달래기 위해 배낭을 뒤져 소설책을 꺼냈다. 그는 간간이 복도를 지나다니는 여성들의 각선미를 감상하며 입맛을 다셨다.

서안을 떠난 지 12시간이 흘렀다. 자는 둥 마는 둥 누운 채로 눈을 감았다 떴다 여러 차례 반복했지만 차창 밖으론 그저 눈 쌓인 황톳길과 허름한 가옥들이 반복적으로 스쳐 지나갈 뿐이었다. 화지아는 이어폰을 꽂고 맞은편 침대에 누워 있었다. 철로의 정해진 길을 따라 움직이고 있는 열차는 지금까지 내달린 만큼 또 달려야하겠지. 덜커덩. 덜커덩. 일정하게 반복되는 쇠바퀴의 소음을 듣고 있자니, 불현듯 처음 기차를 타고 창밖을 내다보며 신기해하던 때가 떠올랐다.

8년 전 초등학교 5학년이었던 나는 그 해 여름 무작정 춘천으로 가는 기차에 몸을 실었다. 아버지가 운영하던 서점에서 만화책을 훔쳐 팔아 마련한 돈으로 계획한 일이었다. 호박죽 한 대접을 사들고 아픈 어머니를 만나러 가는 동안 줄곧 창밖으로 펼쳐진 광경에서 눈을 뗄 수 없었다. 얕은 산등성이와 메마른 개울 뿐인 보잘 것 없는 풍경이었는데도 어릴 적 내겐 무척이나 흥미로운 세상처럼 여겨졌었다. 결국 그 일로 인해 나는 아버지에게 가출소년이란 낙인과 함께 만나선 안 될 어머니를 만났다는 이유로 종아리가 터질 정도로 회초리를 맞았지만, 춘천을 향해 달리던 열차 안에서의 그 설렘은 결코 잊을 수가 없었다.

나는 가만히 눈을 감고 이런저런 생각에 빠져있다 문득 화지아를 떠올렸다. 그는 무슨 생각으로 이곳에 온 걸까. 갑자기 아무 계획 없이 그를 믿고 따라나선 이번 여행길에 은근슬쩍 후회가 밀려왔다. 그러나 어찌할 수 없는 일이었다. 이제 와서 돌이킬 수도 없는 일인데……. 나는 공연히 치밀어 오르는 짜증을 누그러뜨리기 위해 눈에 들어오지도 않는 소설을 다시 펼쳐들었다. 역시 제대로 읽힐 리 없었다. 책을 덮어 머리맡에 던져두고는 화지아를 바라봤다. 그는 세상만사 온갖 시름을 다 잊은 사람처럼 깊은 잠에 빠져 연신 코를 골고 있었다.

열차가 정차한 틈을 타 연인으로 보이는 한 쌍의 커플이 비닐가방을 메고 들어와 그가 누워 있는 자리의 근처를 서성였다. 나는 좌석을 확인하는 서른 초반의 말쑥한 남자를 보고 그에게 다가가 어깨를 흔들었다.

“일어나, 삼촌.”

화지아는 윽 소리를 내지르며 벌떡 일어났다.

“자리 임자 왔어.”

나는 복도로 물러나 있는 그들을 고갯짓으로 가리켰다. 화지아는 얼른 몸을 일으켜 이불을 가지런히 접어놓고 그들에게 들어오라는 시늉을 했다. 마흔은 족히 되어 보이는 멍청할 정도로 가슴이 큰 여자는 무표정한 얼굴로 들어와 자리에 앉았다. 뒤따라 들어온 중국인 남자는 우리에게 눈인사를 하고는 가방을 벗어 이층 침대에 올려놓았다.

“불륜관계 아닐까?”

나는 지루한 나머지 억지스런 짐작을 늘어놓았다.

“그런 소리 마. 내가 보기엔 잘 어울리는데 웬 딴지야. 그냥 늙은 대로 맛이 나잖니? 하하.”

화지아와 내가 농담을 건네는 것을 그는 호기심 어린 눈으로 살폈다. 한국말을 하는 것이 특별히 관심을 갖게 했는지 아니면 단지 그들에게 우리가 외국인이었기 때문에 그랬는지 모르겠지만, 침대에 앉아 이쪽을 자꾸 힐긋대던 남자는 끝내 못 참겠다는 듯 말을 걸어왔다.

“니 하오. 니 쓰 한구어 런?(안녕하세요, 한국 사람입니까?)”

“하오. 하오.”

화지아는 재빨리 대답했다. 그러자 그는 우리 쪽으로 바짝 몸을 구부리고 앉아 이것저것 묻기 시작했다. 화지아는 태연한 척 고개를 끄덕였지만 무슨 말인지 알아들을 리가 없었다. 결국 재차 물어오는 질문에 난처해진 표정으로 내 쪽을 바라봤다.

"얘, 아주 신났다."

나는 어깨를 으쓱 추켜올렸다. 그는 자신의 말을 우리가 이해하지 못하고 있음을 깨닫자 뒤늦게 가방에서 노트와 볼펜을 꺼내 글을 쓰기 시작했다.

"너랑 나랑 무슨 관계냐고 묻는 거 같긴 한데."

화지아는 노트를 건네받아 '兄弟'라고 썼다.

"우리가 무슨 형제야?"

"그렇다고 해. 쟤한테 설명하려면 복잡해. 어차피 니가 애늙은이니까 너나 나나 비슷하잖니?"

화지아는 노트를 건네며 미소로 화답했다. 그는 고개를 끄덕인 뒤 말과 글을 섞어가며 자신을 소개했다. 중국 공산당에 소속된 군인으로 고비사막과 황하 등 여러 지역을 돌며 복무했으며, 현재 북경지역에 근무 중 휴가를 얻어 여자 친구와 같이 광저우에 가는 길이라고 했다.

"아유, 니, 걸 프랜드 피얼량. 예뻐."

화지아는 양손으로 턱을 받쳐 꽃을 만들었다. 군인은 자신의 여자 친구를 보며 비교적 정확한 발음으로 '예뻐'라고 말하고는 흡족한 표정을 지었다.

"워, 걸 프랜드, 차이니즈 걸. 쉬즈 네임 코티샹이야."

화지아는 자신도 중국인 여자 친구가 있다고 말하며 지갑에 담긴 사진을 꺼내 보여줬다. 군인은 사진을 보고 엄지손가락을 치켜들었다.

"아, 코티샹. 명철아, 기관장 좀 불러라. 너무 느려 터져서 안 되겠다."

나는 피식 웃고 말았다. 중국인 여자는 시큰둥한 얼굴로 자리에서 일어나 꽉 조인 가죽바지를 벗고 내복차림으로 사다리를 기어올랐다. 펑퍼짐한 엉덩살이 한 발 한 발 다리를 내딛을 때마다 감칠나게 실룩거렸다.

"야, 쟤네들 하는 짓 보면 참 재밌다. 그치?"

화지아는 새어나오는 웃음을 억지로 참으며 그쪽을 힐끔거렸다. 군인은 훈제한 돼지고기를 가방에서 꺼내 우리에게 하나씩 건넸다.

"받아. 넌 예절도 모르니?"

화지아는 받아든 고기를 얼른 입 안에 우겨 넣었다. 나는 잠시 망설이다 받아들고는 냄새를 맡아봤다. 아니나 다를까 노래기 비슷한 시앙차이 냄새가 훅, 코를 찔렀다. 화지아는 우적우

적 소리 내어 씹으며 군인을 향해 엄지를 치켜 올렸다. 나는 도
저히 먹을 수가 없어 적당히 들고 있다 테이블에 내려놓았다.
군인은 봉지에서 제일 큰 것을 또 하나 골라 그에게 건넸다.
　"삼촌, 어서 받아. 하나 더 준다잖아."
　"마실 거 있니? 이상하게 갈증이 나네. 짠 걸 먹어서 그런가?"
　화지아는 군인이 건넨 고기를 모른 척하며 너스레를 떨었다.
나는 대신 감사의 인사를 하고 덥석 받아 그에게 건넸다.
　"오, 노-오."
　그는 벌게진 얼굴로 양손을 내저었다. 그리고는 아랫배를 두
들기며 군인을 향해 배가 불러 못 먹겠다는 듯 인상을 잔뜩 찡
그렸다. 군인은 알겠다는 표시로 고개를 끄덕인 뒤 음료수를 꺼
내 그에게 건넸다. 그러자 화지아는 화답으로 가방에서 스프링
노트를 꺼내 그림 한 장을 그려 줬다.
　창밖은 어스름해지고 있었다. 군인은 보이지 않고 그의 여자
친구가 내려와 내복차림으로 신발을 찾고 있었다. 복도에 서서
창밖을 바라보고 있던 화지아가 얼른 달려와 침대 아래 놓인 부
츠를 꺼내 발밑에 가져다줬다. 그녀는 감사의 표시도 없이 신발
을 신고 복도로 나갔다.
　"적당히 해."
　나는 침대에 누워 이어폰을 꽂은 채 화지아를 바라봤다.

"날 제지하는 거야?"

신발을 벗고 침대 아래쪽에 앉은 그는 내 발을 툭 건드렸다. 나는 몸을 일으켜 앉고 그를 물끄러미 바라봤다.

"네가 왜 날 가두려고 해?"

"그게 아니잖아."

나는 신경질적으로 이어폰을 뺐다. 그는 두 눈을 동그랗게 뜨고 내 시선을 응시했다.

"왜 나를 따라온 거야?"

"삼촌은 여기까지 와서도 우습게 보여야겠어?"

"우습게 보이다니? 네 머릿속은 왜 항상 그 모양이니? 그럴 거면 왜 나를 따라온 거야? 너 벗어나보겠다고 따라온 거 아니었어? 그럼 마음을 열어야 할 거 아냐."

"그런 게 마음을 여는 거였군."

나는 고개를 돌려 창밖을 내다봤다. 의식적으로 그의 눈을 피하기 위해서였다. 화지아는 예상과는 달리 더 이상 아무 말도 하지 않았다. 창밖으로 스쳐 지나가는 풍경을 바라보며 나는 잠시 그를 따라 여기까지 오게 된 이유를 떠올렸다. 그러나 아무리 생각해도 별 다른 이유는 없었다. 그저 남들처럼 좋은 대학에 들어가기 위해 악착 같이 공부에 매달리지 못하는 내 게으른 삶을 각성하기 위해서라고 할까. 그런 내 처지의 반성이 우연찮

게도 그의 중국행과 맞아 떨어졌을 뿐이었다. 그에 몇 가지 덧
붙인다면 방이 네 개나 되는 넓은 아파트에 아버지와 단 둘이
살면서도 숨을 곳이 없는 내 삶이 숨이 막혀서, 또 나보다 한 살
이 어린 동생들과 함께 매일 같은 교실에서 수업을 들어야하는
게 창피해서, 그리고 한 번도 본 적 없는 엄마와 가장 닮았다는
넷째 외삼촌이 너무 궁금해서 등등이 이번 여행길에 오르게 된
이유라면 이유일까. 아니, 사실 엄마와 이복지간인 막내 외삼촌
강찬기가 그린 한 장의 그림 때문이었다면 이해할 수 있을까.
서안의 공산당 간부 집에서 그리려고 했던 그 한 점의 묵화 때
문이었다면 믿을 수 있을까.

오래 전 '대륙의 한'이라는 제목의 추상화 한 점을 그가 건넨
미술 전시회 팸플릿에서 본 적이 있다. 그것은 꽤 정평이 있는
한국화 기획공모전에 출품하여 대상을 받은 그의 첫 작품이었
다. 드넓은 대륙에 묻힌 아름다운 영혼들이 눈부신 피안의 세계
를 향해 승천하는 듯한 형상을 그린 묵화였는데, 그 그림을 볼
때마다 나는 그와 그림을 놓고 진실이 무엇인지 그를 볼 때마다
가끔씩 묻곤 했다. 그때마다 그는 만취한 사람처럼 떠벌렸다.

우리들은 대륙의 자손이야. 내 그림 속의 영혼들은 모두 저
광활한 대지가 낳은 선조(先祖)들이라구. 알겠니? 그러니까, 명
철이 너도 자부심 갖고 부지런히 좆질해라. 하하.

열차는 광활한 대륙의 어둠을 수직으로 가르고 있었다. 사위는 고요했다. 레일에 부딪치는 열차의 쇠바퀴 소리만이 규칙적으로 귓가에 울려올 뿐이었다. 이층으로 올라간 그는 잠이 들었는지 좀처럼 기척이 없었다. 밤 10시가 넘은 탓에 모든 침대칸은 소등되었고 복도에만 백열전구가 들어와 은은한 불빛이 침대 안쪽까지 비춰들고 있었다. 나는 커튼을 젖히고 앉아 창밖을 바라봤다. 목표했던 광저우는 얼마나 더 가야할까. 끝없이 펼쳐진 대륙의 황톳길은 사라지고 어느새 얕은 산등성이와 듬성한 숲이 희미하게 모습을 드러냈다. 철로를 지탱하고 있는 자갈 깔린 시멘트 구릉 아래로 폭이 좁은 물길이 나 있고 그 길을 따라 폐수처럼 보이는 검은 강물이 빠른 속도로 쓸려 내려가고 있었다.

이불을 접어 기댄 채 잠이 들었던 군인이 깨어나 창밖을 보며 손가락으로 먼 곳을 가리켰다. 낮은 산등성이 중턱에 밤안개가 끼어있고 그 희미한 연기 사이로 붉은 벽돌을 얹은 낡은 가옥들의 불빛이 숨바꼭질하듯 가물가물 제 모습을 드러냈다 숨겼다 반복했다. 그 광경은 한 폭의 동양화로 치자면 한국의 산수(山水)와 비교해 깊은 맛이 떨어지는 저속한 것에 지나지 않았다. 군인은 바깥의 경치를 가리키며 뭐라고 떠들었다. 나는 어차피 알아듣지 못하므로 못 들은 척 자리에 누워 이어폰을 꽂고 엠피

쓰리 버튼을 눌렀다. 신나는 댄스 음악이 흘러나왔다. 이제 날이 밝으면 광저우성 외곽 지역에 접어들겠지. 이 길고 지루한 기차여행도 막이 내릴 때가 되었다는 생각을 하니, 기대 섞인 안도의 한숨이 절로 흘러나왔다.

열차는 광저우역에 진입하고 있었다. 나는 군인이 하는 대로 점퍼를 벗어 가방에 넣고 얇은 조끼를 걸쳤다. 이곳은 중국의 최남단지역이므로 북경의 추운 날씨완 사뭇 달랐다. 화지아는 군인을 복도로 불러내 가방에서 도금한 목걸이를 꺼내 건넸다. 군인은 손사래를 치며 거부했다. 그러자 화지아는 그의 팔을 꼭 붙잡고 달래듯 등을 두들겼다.

"받아. 그리고 니, 걸프랜드 아이(愛) 많이 해줘. 사랑이 최고야."

화지아는 양손으로 커다란 하트 모양을 그려 보였다. 군인은 밝은 표정으로 목걸이를 받아 주머니에 찔러 넣고 내게 손짓을 보냈다. 침대에 짐을 올려놓은 나는 복도로 나가 그와 악수를 나눴다. 내 손을 잡은 그는 뭐라고 떠들었지만 알아들을 수 없어 눈길을 피한 채 되도록 빨리 손을 놓았다. 그는 몸을 돌려 화지아에게 손을 내밀었다. 화지아는 그가 내민 손을 잡는 대신 허리를 부둥켜안고 중국말로 작별 인사를 건넸다.

우리는 인파가 몰리는 것을 우려해 먼저 짐을 챙겨 승강구 복도로 나와 대기했다. 속도가 점점 떨어져 가는 열차는 '廣州'라고 적힌 커다란 간판이 있는 플랫폼으로 서서히 미끄러져 들어가고 있었다. 꽝저우. 화지아는 고개를 창 쪽으로 디밀고 연신 혼잣말로 중얼댔다. 열차가 정지하자 하차를 하기 위해 사람들이 출입문 쪽으로 몰려들었다. 우리는 그들에 의해 떠밀리듯 플랫폼으로 내려섰다. 산산한 바람이 목덜미를 포근히 감싸 안는 게 한국의 가을 날씨와 비슷했다. 그는 기내가방을 끌고 잰걸음으로 입구와 연결된 통로를 빠져나왔다. 광장에는 열차를 타기 위해 모여든 많은 사람들이 짐을 들고 우왕좌왕 부산하게 움직이고 있었다. 그 사이로 공안원들이 긴 막대를 들고 돌아다니는 모습이 눈에 띄었다. 화지아는 주위를 살필 겨를도 없이 곧장 도로변에 대기한 택시들 쪽으로 내쳐 걸었다.

"통풍통로, 통풍꽝창."

앞좌석에 앉은 화지아는 기사 쪽으로 얼굴을 들이밀고 입술을 잔뜩 찌그려 소리쳤다. 까만 얼굴에 제법 몸집이 나가는 기사는 못 알아들었는지 인상을 쓰며 고개를 흔들었다. 그는 재차 목적지를 외쳤다. 그러나 여전히 알아듣지 못하겠다는 표정으로 손을 흔들며 뭐라고 떠들었다. 이런, 병신새끼. 화지아는 혼잣말로 욕을 하고는 지도를 꺼내 목적지를 가리켰다. 그제야 기사는 고개를 끄덕이며 기어를 넣었다. 택시는 고가도로를 지나 신호등이 거의 없는 도로를 아슬아슬 질주했다.

동풍광장에 도착한 우리는 짐을 내려 곧장 12층으로 올라갔다. 벨소리와 함께 엘리베이터의 문이 열리자마자 그는 재빨리 기내가방을 끌고 앞장섰다. 나는 은근히 긴장이 되어 한 차례 호흡을 가다듬고는 그를 뒤따랐다. 그는 손가락으로 호수를 짚어가며 외삼촌이 머물고 있다는 집 앞에 멈춰 섰다. 잠시 내 쪽을 돌아보며 윙크를 하곤 힘차게 초인종을 눌렀다.

"나야, 형. 문 열어."

그러나 뜻밖에도 문을 열어준 사람은 물방울무늬의 잠옷차림에 얼굴이 동그랗고 넓적한 20대 초반의 여자였다.

"고새 하나 건졌나보네. 역시, 영원한 리베로야."

화지아는 내게 들어가자는 손짓을 보내며 또 한 번 윙크를 했다. 그러나 이번의 짧은 눈짓 속에는 숨기고 싶은 민망함이 담

겨 있었다. 나는 신발을 벗어 아무렇게나 벗어놓은 그의 신발과
함께 한쪽으로 가지런히 밀어놓고는 안으로 들어섰다. 소파에
는 거무튀튀한 마른 얼굴의 남자가 좀 전에 문을 열어줬던 여자
를 바싹 껴안고 앉아 있었다. 여자의 젖가슴 부위를 감싸 쥐고
주물럭대는 손등엔 꼭지점이 5개인 별 모양의 문신이 있었다.
　"누님 많이 닮았구나."
　남자는 내 쪽을 쳐다보며 혼잣말처럼 툭 내뱉었다.
　"그렇지? 외탁한 게 다행이라니까."
　화지아는 남자 곁에 있는 여자의 다리를 훑으며 대꾸했다.
　"기명철입니다."
　나는 배낭을 벗어 내려놓으며 검은 얼굴을 물끄러미 쳐다봤
다. 숱이 적은 눈썹에 부드럽게 쳐진 눈꼬리, 오똑한 콧날, 조금
은 긴 듯한 인중에 붉고 엷은 입술이 전체적으로 자연스럽게 조
화를 이루고 있는 인상이 다소 마르긴 했지만 내 기억 속의 엄
마와 매우 흡사했다.
　"명철? 어렵다. 서울에서 왔으니까 그냥 서울하자. 우리나라
수도니까 여기 애들도 부르기 쉽고. 안 그래?"
　그는 여자의 볼에 키스를 하며 동조를 구했다. 여자는 나를
쏘아보듯 쳐다보며 살짝 고개를 끄덕였다. 그는 담배를 꺼내 입
에 물었다.

"서울이면 서얼? 좋은데. 야, 꼭 첩의 자식 같다. 하하."

화지아는 나를 향해 과장스럽게 웃어보였다.

"연희야, 서울을 중국어로 뭐라고 하지?"

그는 곁에 있는 여자의 살쩍을 귓바퀴 뒤로 쓸어 넘기며 물었다.

"한청."

"한청? 그렇지. 한청, 만나서 반가워. 내 이름은 없어. 그냥 외삼촌이라고 불러."

그는 연기를 깊숙이 빨아들이며 이쪽으로 와 앉으라고 손짓했다. 나는 여자의 반대편 쪽 빈자리로 가 앉았다. 화지아는 기내가방을 열고 고추장과 마른 김을 꺼내 보이며 집안 애기를 풀어놓았다. 외삼촌은 리모컨을 들어 텔레비전을 켰다. 화지아의 목소리가 신이 날수록 텔레비전에서 흘러나오는 전혀 알아듣기 어려운, 콧소리가 퐁퐁 터져 나오는 중국여성의 목소리는 점점 높아져 갔다. 화지아는 금세 흥을 잃었는지 입을 꼭 다물고 꺼내 놓은 반찬들을 하나씩 냉장고로 옮겼다. 외삼촌은 자리에서 일어나며 부엌 쪽을 향해 외쳤다.

"오늘 저녁은 해물로 하자."

나와 화지아는 짐을 정리한 뒤 씻지도 못하고 밖으로 나왔다. 외삼촌을 포함한 우리 셋은 택시 뒷좌석에 나란히 앉았다. 앞좌석에 조선족 여자를 앉게 한 외삼촌 덕분에 나는 두 팔을 모으고 어깨를 잔뜩 움츠려야했다. 택시는 복잡한 도로를 요리조리 헤쳐 나가 커다란 강이 있는 도로변에 멈춰 섰다. 대리석을 깔아 놓은 보도블록의 난간 너머로 옅은 햇살을 머금은 갈매빛 강물이 출렁이고 있었다. 택시에서 내린 나는 인도로 올라서자마자 강 저 편에 대나무처럼 삐죽삐죽 솟아오른 고층빌딩들을 멍하니 바라봤다. 얼굴과 손에 땟국이 절은 여자아이가 장미 한 송이를 들고 와 화지아에게 매달렸다. 그는 성가신 표정으로 아이의 머리를 떠밀어내며 난간 앞으로 나아갔다.

"한청. 여기가 주강(珠江)이란 곳인데, 어때? 저 나무들에 매달린 거 보이지? 저게 등인데 저녁이면 불이 환하게 켜져. 진짜 아름답지."

외삼촌은 여자의 백에서 담배를 꺼냈다. 인도 위엔 5m 간격으로 나무들이 심어져 있었다. 10촉의 전구알을 쇠사슬처럼 온몸에 휘감고 있는 나무들은 무성한 나뭇가지마다 뿌리를 늘어뜨리고 있었다. 마치 요정의 숲에나 나올만한 고목(古木)들로 괴기스러움과 친근함을 동시에 갖고 있었다.

"여기서 자살하는 사람들 참 많다."

"왜? 아름다워서? 하하."

화지아는 외삼촌의 말에 억지웃음을 터뜨렸다. 그리고는 한

동안 말없이 난간에 기대 흘러가는 강물을 내려다봤다.

"여기 봐봐."

나는 카메라를 꺼내 화지아에게 초점을 맞췄다. 그는 난간에 두 팔을 얹고 몸을 돌려 내 쪽을 돌아봤다. 나는 렌즈를 통해 주강을 배경으로 서 있는 그를 가만히 들여다보다 얼굴을 클로즈업하여 셔터를 눌렀다.

"피얼량스럽게 찍었니?"

"그럼. 근데, 삼촌은 왜 사진 찍을 때마다 인상을 쓰는지 모르겠어."

나는 카메라를 가방에 집어넣으며 지나치듯 말했다.

"내가?"

화지아는 정색하며 물었다. 그러고 보니, 내 기억 속의 엄마를 그나마 가끔씩 찾아왔던 사람이 막내 외삼촌인 강찬기였는데, 그와 사진 한 장 같이 찍은 일이 없었던 것 같다. 그러나 나는 말이 나온 김에 시침을 뚝 뗐다.

"그래. 한국에서도 같이 여행 갔던 적 있잖아. 그때도 꼭 그랬어."

"넌 무슨 개소리를 짖어대니? 햇빛 때문에 얼굴이 찡그려진 거야. 봐."

그는 잔뜩 일그러진 얼굴로 먼 하늘을 가리켰다.

"택시 왔다."

도로에 내려서서 담배를 태우고 있던 외삼촌이 꽁초를 바닥에 던지며 소리쳤다. 화지아와 나는 티격태격하다 말고 서둘러 차에 올랐다. 이번에도 앞좌석은 조선족 여자의 차지였다.

우리가 도착한 곳은 해산물 식당이었다. 입구로 들어서는 유리문엔 어디서나 흔히 볼 수 있는 빨간색 복(福)자가 거꾸로 붙어 있었다. 우리는 안으로 들어가 적당한 자리를 골라 앉았다. 조금 이른 시간이라 그런지 종업원들은 구석진 곳에 있는 테이블에 둘러 앉아 저녁식사를 하고 있었다.

"저런 싸가지 없는 새끼들. 헤이, 싸우제."

화지아는 손님을 보고도 아랑곳없이 구석진 테이블에 앉아 식사를 하고 있는 종업원들을 향해 소리쳤다. 몇 번의 고함을 듣고서야 웨이터 중 한 명이 밥그릇을 내려놓고 미적미적 다가왔다. 외삼촌은 곁에 앉은 조선족 여자를 시켜 이것저것 주문했다.

얼마 뒤 소금에 구운 새우와 살이 통통한 대게가 시금치와 함께 은쟁반에 담겨 나왔다. 외삼촌은 투명한 유리컵에 빨간 플라스틱 뚜껑이 박힌 백주를 차례로 돌렸다.

"형, 진짜 푸짐해 보이는데."

"저번에 너 데려오려고 했던 데가 여기야."

외삼촌은 백주 뚜껑의 손잡이를 잡아 뜯으며 말했다.

"야, 음식 맛이 일품이다. 먹어봐."

화지아는 하얀 김이 모락모락 올라오는 속살 가득한 대게의 다리를 움켜쥐고 국물을 뚝뚝 떨어뜨리며 게걸스레 물어뜯었다. 나는 새우를 들어 껍데기를 발라낸 뒤 와사비를 찍어 한 입에 집어넣었다. 신선한 바다향이 입 안 가득 퍼졌다.

"한청, 한국엔 언제 돌아갈 생각이야?"

외삼촌은 조선족 여자에게 새우를 건네며 물었다. 나는 음식을 씹다말고 멈칫했다.

"내년에나 갈 거야."

화지아는 시금치를 잔뜩 집어 자신의 접시에 옮기며 대신 대답했다. 외삼촌은 젓가락을 드는 대신 백주를 홀짝였다.

"여기도 연말엔 이동이 심해. 다들 고향에 가려고 하기 때문에 아주 복잡하지. 이런 때 니들이 와주니까 적적하지 않아 좋다."

"아유, 그래서 기차역이 떼놈들로 바글바글 했구나."

화지아는 광저우까지 오는 동안 긴 여정이 생각났는지 미간을 잔뜩 찌푸렸다.

"그러니까 여기 있는 동안 함부로 돌아다니지 마. 광저우가 대도시라고 해도 아주 위험한 곳이야. 연말이 가까워오면 애들

고향 내려갈 돈 구하려고 별 짓 다한다. 휴대폰 하나 훔쳐서 쫓기다 11층에 올라가 뛰어내려 죽은 놈도 있고, 거리에서 벽돌로 행인 머리 찍고 지갑 훔쳐 달아나는 놈도 있어. 나도 휴대폰 다시 샀다. 전화하고 있는데 달려와서 그냥 채가더라."

"맞아요. 이곳 사람들도 연말엔 조심해요."

다소곳이 앉아 음식을 먹고 있던 조선족 여자가 한마디 거들었다.

"어쩐지, 형 바뀐 휴대폰이 너무 작다 했어. 진짜 무서운 놈들이네."

화지아는 백주 뚜껑을 뜯어내며 나를 바라봤다.

"범죄자가 따로 있는 게 아니야. 평범한 사람들이 소매치기 되고 픽치기 되는 게 바로 여기 현실이야. 가진 건 몸밖에 없는데, 해가 바뀔 때마다 회귀본능이 솟기 때문이지."

외삼촌은 담배를 꺼내 물었다. 화지아는 음식을 먹다말고 자꾸 시계를 들여다봤다.

"한청, 쟤는 아무래도 여기가 좋은가 보다."

외삼촌은 연기를 뿜어내며 깡마른 얼굴에 잠깐 미소를 띠었다.

"여기 온 이유가 뭐 있겠어요? 여자 때문이겠죠."

나는 막 나온 가오리찜에 젓가락을 갖다 댔다.

"무슨 소리야? 내가 대륙을 찾은 건 다 회귀본능 때문이라구.

하하.”

　화지아는 술잔을 들고 주위를 향해 어색할 정도로 큰 웃음을
쏟아냈다. 외삼촌은 고개를 끄덕이며 희미한 웃음을 흘렸다.
나는 모처럼 신선한 해산물을 맛볼 수 있는 즐거움에 빠져 정신
없이 음식들을 먹어치웠다.

　저녁 6시 30분경, 우리는 외삼촌을 따라 식당을 나왔다. 조금
서두른 감이 없지 않았다. 이유는 조선족여자의 출근 때문이었
다. 그때서야 나는 그녀가 술집아가씨인 것을 알았다. 외삼촌
은 그녀를 택시에 태워 보낸 뒤 화지아를 향해 입을 쫑긋거렸
다. 화지아는 알겠다며 고개를 끄덕였다.

　우리는 택시를 타고 천하성(天下成) 사거리를 돌아 한창 공사
중인 현장 뒤편의 상가건물이 밀집한 곳으로 갔다. 외삼촌과 화
지아는 택시에서 내리자마자 곧장 인적이 드문 2차선 도로를
가로질렀다. 나는 가방을 목에 걸고 허둥지둥 뒤따랐다. 그들
은 계단을 올라 한글로 ‘행복의 집’이라는 간판이 붙은 파란 유
리문을 밀고 안으로 들어갔다.

　“안녕하세요.”

　하얀 블라우스에 검은 앞치마를 두른 여직원이 서툰 한국말
로 우리를 반겼다. 그녀는 화지아와의 재회를 무척이나 반가워
하는 표정이었다. 그는 가방 속에서 잘 포장된 선물을 꺼내 주

며 나를 향해 한쪽 눈을 찡긋했다.

"오늘이 크리스마스 이브잖니."

화지아는 주방장과 주방보조 그리고 직원들에게 나를 데려가 일일이 소개했다. 그리고는 자신의 소임은 다했다는 듯 카운터에 가방을 숨겨놓고 곧장 레스토랑을 빠져 나갔다. 그는 분명 자신이 떠벌려댔던 중국인 여자가 운영한다는 차방으로 가고 있을 것이다. 나는 화지아가 말한 그녀가 그와 어떤 사이인지 확인하기 위해 그를 따라 나서려했다. 그러나 이제 막 잘 되려는 일을 망치려드느냐며 화지아는 펄쩍 뛰었다. 결국 그의 성화에 눌려 가게를 지켜야 하는 신세가 됐다. 나는 가방을 풀어 카운터 안쪽에 들여놓고 바(bar)가 있는 스탠드로 가 설거지를 도왔다. 크리스마스 이브여서 그런지 실내는 많은 사람들로 북적였다. 외삼촌은 테이블을 돌아다니며 손님들과 담소를 나눴다. 어느 테이블에서는 간혹 한국어로 대화를 나누기도 했다. 그는 손님들이 건네는 술을 받아 마시다 가끔씩 바에서 칵테일을 만들어 내가기도 했다. 마른 수건으로 컵을 닦고 있는 동안 곁에 있는 중국인 소녀가 내게 뭐라고 말을 걸어왔지만 전혀 알아들을 수 없었다. 소녀는 맥주를 따르면서 대답 없는 나를 자꾸 힐끔거렸다.

늦은 밤, 손님들이 거의 빠져나간 시각에 화지아는 상기된 얼

굴로 돌아왔다. 외삼촌은 한적한 구석 자리에 앉아 그와 나를
불렀다. 그리고는 종업원을 시켜 맥주를 가져오게 했다.

"그래, 재미 봤어?"

외삼촌은 화지아를 바라보며 물었다.

"재미는 무슨, 사람 사는 곳이 다 그렇지."

화지아는 실내를 둘러보며 딴전을 피웠다.

"새끼."

외삼촌은 가져온 맥주를 내게 따라줬다.

"한청, 스무살이라고 했지? 그래, 중국 오니까 어때?"

나는 아버지 몰래 캔맥주를 즐겨 마셨기 때문에 머뭇거림 없
이 잔을 받았다. 갈증이 난 탓에 단숨에 잔을 비우고는 입을 열
었다.

"글쎄요. 아직 모르겠어요."

"어디 거쳐서 왔는데?"

"뻬이찡하고 씨안."

화지아가 대신 대답했다.

"뭘 봤어?"

"없어요. 북경에서 만리장성 보려다가 시간 없어서 못보고 바
로 서안으로 내려갔어요. 서안에선 진시황릉 보려고 했는데, 이
상하게 일이 꼬여서 아무 것도 못보고 그냥 여기 온 거예요."

"먼 곳까지 와서 그걸 못 보고 왔단 말이야? 한청인 재미없었
겠구나."

"아니야, 형. 우린 더 귀한 걸 보고 왔어. 중화민들의 소박한
삶을 리얼하게 느끼고 왔다니깐. 안 그래, 한청?"

"글쎄. 특별히 기억할 만한 게 없어서."

나는 퉁명스레 대꾸했다. 화지아는 갑자기 굳은 표정되어 자
신의 잔에 술을 따랐다.

"찬기. 너 잘 되는 것도 좋지만, 조카도 신경 써야지."

화지아는 주머니를 뒤져 담배를 꺼냈다.

"난 솔직히 삼촌이 중국에 온 이유가 뭔지 모르겠어. 여자 때
문 아니야?"

나는 외삼촌의 빈 잔에 술을 따르며 말했다.

"그만 까불어. 개새끼야."

"개새끼?"

나는 화자아를 쏘아봤다. 그는 불거진 얼굴로 나를 노려보고
있었다.

"찬기. 지금 형 앞에서 무슨 태도야."

외삼촌은 그를 쳐다보며 나직하면서도 엄숙한 목소리로 말
했다.

"형, 내가 무슨 여자에 환장해서 여기 온 줄 알아?"

"지금 태도에 대해 말하고 있잖아."

"오해하지 마. 난 내 일 때문에 온 거라구."

화지아는 외삼촌에게 덤빌 듯 대들었다. 나는 나로 인해 상황이 이상하게 돌아가자 침묵으로 일관할 수밖에 없었다.

"찬기. 이것만 알아둬. 어느 여자든 여기 국적을 갖고 있으면 그 사람은 중국인이야. 무슨 뜻인지 알겠어? 여기 여자들한테 넌 그저 외국인 친구일 뿐이란 뜻이야."

"됐어. 그만해. 알았으니까, 강요하지 마."

화지아는 자리에서 벌떡 일어났다. 카운터로 가 가방을 꺼내 들고 잠시 머뭇거렸다. 나는 그를 붙들기 위해 일어나려했지만 외삼촌의 만류로 그냥 있을 수밖에 없었다. 결국 꾸물대던 화지아는 문을 밀치고 밖으로 나갔다. 경직된 분위기를 알았을까. 카운터에 몰려있던 종업원들이 외삼촌의 눈치를 살폈다. 외삼촌은 말없이 잔에 술을 채워 빠른 속도로 비워냈다. 가끔씩 자신의 잔을 채우며 내게도 술을 권했다. 나는 입을 다물고 그가 따라주는 술을 홀짝홀짝 비워냈다. 중국에서 맞은 크리스마스이브의 밤은 잔뜩 부풀었다 꺼지는 맥주 거품처럼 그렇게 적막을 따라 사그라지고 있었다.

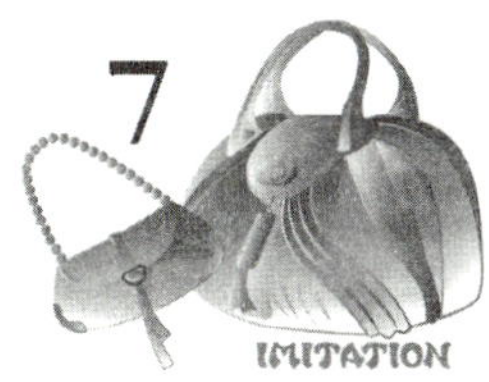

광저우(廣州)의 겨울 아침은 한국의 늦가을 날씨처럼 서늘했다. 열린 창을 통해 불어오는 선선한 바람이 실내를 성크름하게 휘감았다. 북경에서 서안 그리고 다시 광저우까지 42시간의 긴 기차여행과 도착하자마자 새벽까지 퍼부은 술은 내 육체를 극도의 피로감에 젖게 했다. 미끌미끌한 물에 고양이 세수를 하고 나온 나는 은근히 한국으로 돌아가고 싶은 생각마저 들었다. 중국에 와서 경험한 게 아무 것도 없어서일까. 북경에서 멀리 떨어진 만리장성은 그렇다 쳐도 서안에서 하다못해 누구나 한번쯤 들어봤을 그 유명한 진시황릉은 봤어야 했다. 이곳 광저우가 중국의 유서 깊은 5대 문화 도시 중 하나라고는 하지만 번화한 상가건물과 현란한 간판들이 즐비한 거리를 지날 때면 서울과 하등 다를 게 없었다. 사회주의국가라는 말이 무색할 정도로 자본주의 논리를 철저히 이행하고 있었다. 마치 잘 다니던 교직생활을 접고 서점을 차렸다 여의치 않자 인기 있는 체인 호프를 낸 내 아버지의 현실 인식과도 잘 맞닿아 있었다.

몸 약한 건 꼭 누구 닮았구나. 방에만 틀어박혀 있으니까 계속 아픈 거야. 나가서 운동도 하고 친구도 만나고 활동적으로 움직여봐, 아프다는 소리가 나오나. 넌 몸이 약해서 아픈 게 아니라 정신이 나약해서 그런 거야. 고등학교 1학년을 다 마치지 못하고 건강상의 이유로 휴학할 무렵 아버지는 못마땅한 눈초리로 나를 바라봤다. 도대체 하고 싶은 일이 뭐야? 사내새끼가 목표의식도 없어? 그렇게 만날 소설책만 들여다보면 결국 공상가밖에 더 되겠어? 소설이 좋으면 베스트셀러 작가라도 되겠단 다부진 포부가 있어야 할 게 아냐! 그렇게 해서 전쟁 같은 대학 입시를 제대로 치러 내겠어? 그림 좋아하는 호사취미는 어디서 배워가지고. 그림도 말이야, 진짜 관심 있다면 뭔가 생산적인 발상을 갖고 즐겨야 뭘 해도 할 수 있는 법이야!

아버지의 재빠른 현실포착의 눈빛과 목표의식을 부르짖는 우렁찬 목소리가 이곳 거실까지 쩌렁쩌렁 전해지는 것 같아 나는 진저리를 쳤다. 지금쯤 아버지는 내 실종을 어떻게 받아들이고 있을까? 고등학교 마지막 방학을 며칠 앞두고 막내 외삼촌과 결탁해 홀연히 사라진 나를 걱정은 하고 있을까? 아무도 없는 빈집의 식탁에 홀로 꼿꼿이 앉아 있을 아버지를 떠올리자 은근슬쩍 떠오른 고향 생각이 여지없이 사라졌다. 그곳에 돌아간들 뭐가 다를까. 그저 친척들이 바라는 대로 무사히 고등학교를 마치는 일 밖에…….

나는 진공관 속에 갇힌 것처럼 머릿속이 멍했다. 뻣뻣한 몸과 몽롱한 정신 상태로 인해 아침나절 내내 침대 위에 누워 있어야만 했다.

오후 무렵 나는 화지아와 함께 외삼촌을 따라 재래시장을 찾았다. 비좁은 거리에 들어찬 온갖 종류의 가게들은 한국의 가락시장과 다를 게 없었다. 굳이 다른 점을 찾는다면 이상한 벌레들까지 파는 가게들이 즐비하다는 것과 땟물이 줄줄 떨어지는 거지 아이들이 귀찮게 따라 붙는다는 사실뿐이었다. 외삼촌은 말린 과육을 파는 가게를 들러 정력 좋게 생긴 구리빛 얼굴의 대머리 주인과 대화를 나눴다. 화지아는 외삼촌이 주인과 이것저것 흥정하는 동안 노트를 꺼내 주변 풍물을 스케치하며 저민 바나나를 계속해서 주워 먹었다. 나는 그가 건넨 과일쪼가리를 입에 물고 맞은편 가게 앞에 앉아 있는 외눈박이 노인을 바라봤다. 그는 쇠줄 하나가 달린 악기를 톱으로 연주하고 있었다. 나는 그 광경을 담기 위해 카메라를 들고 다가갔다. 내가 노인의 사진을 찍으려는 순간 어디선가 나타난 노파가 카메라를 움켜 쥤다. 늙은이 치고는 악력이 너무 세서 나는 그대로 카메라를 빼앗겼다. 할머니! 나는 카메라를 돌려받기 위해 손을 내밀었다. 그러나 노파는 카메라를 뒤로 숨기고 고래고래 악을 썼다. 중국인들이 하나 둘 구경하기 위해 몰려들기 시작할 무렵 외삼촌이 나타나 10위안짜리 지폐를 건네며 노파에게 뭐라고 설명했다. 그러자 분을 누그러뜨린 노파가 카메라를 건네주는 것으로 사태는 진정됐다.

건어물 시장을 빠져나오는 동안 나는 외삼촌에게 주의를 받았다. 톱으로 이상한 연주를 켜던 장님은 노파의 남편이었다. 내가 카메라로 그를 찍으려 한 행동은 남편에게 깃든 영혼을 빼앗아가려한 무서운 짓이라고 노파가 치를 떨며 말했다고 한다. 외삼촌은 이곳에서는 절대 튀는 행동을 해선 안 된다고 그 답지 않게 거듭 강조했다. 나는 몇 번이나 고개까지 끄덕이며 알겠다고 대답했지만 영혼의 문제까지 들먹이던 노파가 단돈 10위안에 군말 없이 카메라를 손으로 닦아 돌려준 모습을 떠올리면 실소를 금할 수 없었다.

시끌벅적한 좌판을 지나자 제법 그럴싸한 단층 건물들이 나타났다. 많은 차들과 리어카를 끄는 사람들이 왔다 갔다 하는 넓은 도로 한 가운데 세워진 철문 입구에는 '皮革'이란 붉은 글씨의 간판이 세로로 붙어 있었다.

"한청, 저 건물들이 뭐하는 데 같아?"

외삼촌이 담배를 꺼내 물며 물었다. 나는 고개를 저었다.

"여기, 피혁이라고 쓰여 있네. 가죽 파는 데 아냐?"

화지아가 재빨리 라이터를 꺼내 불을 댕기며 대꾸했다.

"가죽만 취급하는 전문 백화점이야. 가방, 신발 없는 게 없지. 그것도 최고급 물건들만."

"아무리 돈 없어도 우리 구경은 하고 가야 되는 거 아냐, 형?"

화지아는 외삼촌에게 재촉하듯 말했다.

"가서 골라봐."

"왜? 사줄 능력이라도 되는 거야?"

화지아는 그럴 리 없다는 표정이면서도 한편 은근한 눈빛으로 외삼촌을 쳐다봤다.

"그깟 게 얼마나 한다고."

외삼촌은 반도 채 피우지 않은 담배를 바닥에 던진 뒤 앞서 나갔다. 우리는 그를 따라 가방만 전문으로 다룬다는 3층짜리 백화점에 들어갔다. 실내는 우리나라의 소규모 전자상가와 비슷했다. 유리로 된 작은 매장들 안에는 세련된 디자인의 가방,

백, 지갑들이 전시되어 있었다.

"이거 다 가짜 같은데요?"

나는 외삼촌을 향해 물었다. 화지아는 잠깐 실망한 표정으로 그를 바라봤다. 그는 피식 웃음을 흘렸다. 아닌 게 아니라, 우리가 들어간 매장 안에는 온갖 종류의 유명상표가 새겨진 제품들이 구비되어 있었는데, 한국 돈으로 3만 원 정도를 넘지 않았다. 나는 가짜 유명상호를 단 제품들을 모아놓고 버젓이 백화점을 운영하고 있는 사회주의 국가 중국의 경제관에 할 말을 잃었다.

"야, 짝퉁이면 어때? 너 이미테이션 몰라? 한국에선 그것도 호가다. 물주 마음 변하기 전에 얼른 고르자."

화지아는 금세 생기 도는 얼굴로 이것저것 물건들을 만지작거렸다.

"정말, 알 수 없는 나라예요. 그래도 유적이나 문화재를 보면 좀 달라지겠죠?"

나는 바지에 두 손을 꽂고 있는 외삼촌을 향해 말을 건넸다.

"한국은 진짜 세상이어서 널 그렇게 반겨줬니?"

가방을 고르던 화지아가 대뜸 정색한 표정으로 나를 쳐다봤다.

"넌 뭐든 이해하는 법이 없어."

"뭐가 또 불만인데?"

나는 새우젓 같은 눈을 치켜뜬 화지아의 동그란 얼굴을 물끄러미 바라봤다.

"꼭 몇 천 년 전 유적을 봐야 그 문화를 이해하겠니? 지나간 건 다 엑스바리야. 아무리 역사가 중요해도 현재를 살고 있는 건 우리야. 과거 애들이 만들어 놓은 건 그저 구경이야, 놀이야, 관광이라구. 현재를 이해하려면 현재 애들을 봐야지. 어디 가서 딴 짓거릴 해. 날 보고 니 외삼촌을 보고 이 물건 파는 저 아가씨들을 보란 말이야. 씨빨, 이해 안 돼?"

화지아는 목에 핏대를 세워가며 장광설을 늘어놓았다.

"저 새끼."

외삼촌은 피식 웃으며 담배를 꺼내 밖으로 나갔다. 나는 더 이상 화지아의 잔소리를 듣지 않기 위해 가방을 고르는 일에 적극 동참하기로 했다. 내가 구찌 지갑을 살피는 동안 화지아는 한쪽 어깨에 거는 밤색 가죽가방을 골랐다. 그는 가끔 누그러진 얼굴로 가방과 자신의 스타일이 얼마나 잘 어울리는지 봐달라고 물었고 노트를 꺼내 물건들을 스케치하기도 했다. 우리는 유명상호가 새겨진 지갑과 가방을 하나씩 선물 받았다. 백화점 입구를 빠져나온 외삼촌은 택시를 기다리는 동안 담배를 피워 물었고 우리는 그가 사준 물건을 손에 든 채 잔뜩 인상을 쓰고 있었다.

동풍광장에 들러 늦은 낮잠을 자고 난 외삼촌은 저녁이 되어서야 레스토랑으로 출근했다. 나와 화지아는 집 안 청소를 끝내고 간단히 저녁을 해결한 뒤 외삼촌이 있는 가게로 갔다. 하얀 블라우스에 검은 앞치마를 두른 종업원들이 우리를 반갑게 맞아줬다. 화지아는 안으로 들어와 가방을 풀어놓자마자 이층 화장실로 올라갔다. 외삼촌은 어디로 사라졌는지 보이지 않았다. 나는 카운터를 보는 얼굴이 까만 인도풍의 소녀에게 사장님은 어디로 갔냐고 물었다. 소녀는 사장님이란 말은 알아들었지만 거기까지였다. 손짓발짓을 통해 대화를 시도했지만 어떤 소통도 이루어지지 않았다.

"뭐 쌩쇼를 그렇게 하고 있냐?"

파마머리에 무스를 잔뜩 발라 올백을 만든 화지아가 안경까지 은테로 바꿔 쓰고 내려와 생글생글 웃고 있었다.

"웬 변장술이야?"

"형은 없어?"

화지아는 내 말에 아랑곳없이 반문했다.

"잠깐 나가신 모양이야."

"그래? 잘 됐네. 잠깐 나갔다 오마."

"이 시간에? 여긴 서울이 아니야."

나는 짧은 순간 중국의 무서운 밤거리를 떠올렸다.

“거참, 애드리브 많네.”

화지아는 두 손에 침을 발라 옆머리를 바싹 밀어붙이며 덧붙였다.

“가게 잘 지키고 있어. 애들 감시 잘하고.”

“어딜 가는데?”

나는 그의 조심성 없는 기질이 염려스러웠다. 그러나 화지아는 내 우려가 성가신지 짜증스럽게 내뱉었다.

“어디긴 어디야. 코티샹 만나러 가지.”

이미 들뜬 기분에 사로잡혀 있는 화지아는 내 말엔 아랑곳없이 가게 문을 박차고 나갔다. 정말 이곳에서 여자 친구를 만들기라도 한 걸까. 설령 어떻게 알았다 해도 한국에서 신통치 않았던 그의 연애사를 미루어 보면 이 역시 헛수고가 될 게 뻔한 일이었다. 나는 한쪽 구석에 앉아 한국에서 가져온 여류작가의 소설을 펼쳐들고 읽어 내려갔다.

외삼촌은 화지아가 나간 지 삼십 분이 채 안되어 가게 문을 밀고 들어왔다. 카운터를 보는 양양은 그가 들어오자 자동적으로 ‘사장님, 안녕하세요.’를 외쳤다. 그는 나를 보자마자 화지아를 찾았다. 잠깐 나갔다고 말하자 말 안 해도 알겠다는 표정으로 싱거운 웃음을 지어보였다. 그는 곧장 스탠드로 들어가 이름을 알 수 없는 칵테일 한 잔을 만들어 내왔다.

“재미없지?”

“그렇죠, 뭐.”

나는 그가 건넨 칵테일을 한 모금 들이켰다. 달콤하면서도 떨떠름한 맛이 그런대로 조화를 이뤘다. 그는 말없이 잔을 비우길 기다렸다 얼음까지 들이킨 내게 입을 열었다.

“미안해, 한청. 나가자.”

외삼촌은 양양에게 뭐라고 지시를 내린 뒤 밖으로 나갔다. 나는 얼음을 입에 물고 뒤따라 나갔다. 큰길로 나온 그는 곧장 택시를 잡았다. 앞좌석에 앉은 그에게 어디 가냐고 물었지만 그는 아무 대답도 하지 않았다.

신호등이 없는 천하성 사거리를 지나 우리가 도착한 곳은 개고기 식당에나 어울릴 법한 ‘건강원(健康院)’이라는 이름의 마사지 업소였다. 중국 특유의 용무늬 그림이 온 벽을 수놓은 실내에서는 어디선가 한약재를 다리는 냄새가 흘러나오고 있었다. 나와 외삼촌은 깔끔한 정장차림의 한족을 따라 방 안으로 들어갔다. 어둠침침한 작은 방에는 다리가 긴 가죽으로 된 침대가 나란히 놓여 있었는데, 우리는 그녀가 건네 준 가운으로 갈아입고 누워 안마사를 기다렸다.

얼마 뒤 주황색 트레이닝복 차림의 두 소녀가 김이 모락모락 피어오르는 대야를 허리에 끼고 들어왔다. 그 중 한 소녀가 내 쪽으로 와 대야를 내려놓자마자 발을 씻기기 시작했다. 누구에게 맨발을 맡겨본 적이 없는 나로서는 조금 민망한 기분이 들었다.

"어때?"

희고 넓적한 얼굴의 단발머리 소녀에게 어깨를 맡긴 외삼촌이 눈을 감고 물어왔다.

"아픈데요."

나는 까만 피부에 예쁘장한 얼굴의 소녀를 힐끔거렸다.

"먼 길 오느라 많이 지쳤구나."

"사실 좀 창피한데요."

나는 젖은 수건으로 발바닥을 감싸 누르고 있는 소녀의 이마를 바라봤다. 외삼촌이 내 발을 주무르고 있는 소녀에게 뭐라고 얘기하자 소녀는 까르르 웃어댔다.

"한청, 멋지다는데. 마음에 드나봐. 이름 한 번 불러줘. 아화야."

나는 멋쩍은 웃음을 흘렸다. 소녀는 다리를 주무르는 동안 내 얼굴을 연신 훔쳐봤다.

"아화. 살살해줘."

내가 엄살을 피우자 소녀는 재미있다는 표정을 지어보였다. 나는 소녀가 주문하는 대로 자세를 바꿔가며 몸을 맡겼다. 소녀는 엎드려 있는 내 등의 혈을 찾아 누르는 동안 외삼촌과 끊임 없이 대화를 나눴다. 나는 숨을 쉬기 어려울 정도로 아파서 "아화, 살살"을 외쳤다. 그럴 때마다 소녀는 큰 소리로 까르르 웃어댔다.

"한청, 얘들 확 잡아먹을까?"

외삼촌은 엎드린 자세로 고개를 틀어 나를 바라봤다. 나는 어색한 웃음을 지어보였다.

"있어봐. 여기가 점점 좋아질 테니. 내가 중국을 떠나지 못하는 이유가 뭔지 알아? 여긴 지상낙원이야. 돈만 있다면 말이지. 물론 그렇게 많이도 필요 없어. 내 말, 시간이 지나면 이해하게 돼."

나는 외삼촌의 말에 아무 대꾸도 하지 않았다. 외삼촌은 계속해서 아화라는 소녀와 대화를 나누며 낄낄거렸다. 아화는 내 팔을 주무르다 말고 휴대폰을 꺼내 그의 번호를 저장했다. 마사지는 고통 속에서 약 한 시간가량이 지나서야 끝이 났다. 소녀들이 물러가고 방안의 모든 불은 소등되었다. 이어 아쟁과 비슷한 현악기 연주가 천장으로부터 조용히 흘러나왔다. 나는 외삼촌의 말대로 반듯이 누워 깍지를 낀 손을 아랫배에 올려놓고 잠을 청했다. 북경에 내려 서안을 거쳐 광저우에 도착한 이후 모처럼 아주 깊은 잠에 빠져 들었다.

8

일요일이었다. 요 며칠 쌀쌀한 날씨가 계속되었는데, 오늘은 어째 포근한 게 한국의 화창한 초여름 날씨 같았다. 나는 화지 아와 함께 중국여성 코티샹이 운영하는 차방에 앉아 있었다. 그 는 무슨 바람이 들었는지 이른 아침부터 나를 깨워 이곳으로 데 리고 왔다. 아무래도 내가 그의 얘기를 믿지 않는다는 것을 눈 치 챈 모양이었다. 나는 뻑뻑한 눈알을 꾹꾹 누르며 그녀가 따 라주는 쟈스민차를 한 모금 들이켰다. 그녀는 화지아와 내가 조 금이라도 잔을 비우기만 하면 여지없이 작은 찻잔에 노란 찻물 을 채워주었다.

"여기 애들도 첨잔을 하네."

화지아는 화색이 도는 얼굴로 나를 바라봤다. 나는 아무 대답 없이 열린 문밖을 내다봤다. 거리에 심어놓은 나무들의 무성한 푸른 잎들이 옅은 햇빛을 맞으며 새근새근 숨을 쉬듯 잔잔히 흔들리고 있었다. 이런 날엔 정말 눈부신 햇살이 쏟아지는 창가에 얇은 담요를 깔고 누워 단잠을 청하고 싶은 마음이 간절했다.

"코티샹, 니, 워, 타. 이치 조 베이징루. 오케이?"

화지아는 손가락으로 그녀와 나를 번갈아 가리키며 함께 광저우 시내에 있는 북경거리를 가자고 말했다. 아무래도 그는 지난밤 일을 의식해 그녀와 단 둘이 가려고 했던 베이징로(北京路)에 나를 동석시키려는 모양이었다.

"소심하게 굴지 마. 난 생각 없으니까."

나는 꿀에 절인 인삼을 한 조각 집어 먹고는 쟈스민차로 입가심을 했다.

"왜 그리 비협조적이니? 지원사격 안 해줄 거야?"

화지아는 새우젓 같은 눈을 크게 뜨고 나를 멀뚱히 바라봤다. 나는 그의 얼굴을 보자 알 수 없는 웃음이 터져 나왔다. 그도 나를 마주보며 덩달아 큰소리로 웃었다.

"무슨 차가 제일 좋은 지 물어봐."

나는 자리에서 일어나 다양한 차들이 전시된 진열장 쪽으로 걸어갔다.

“그래, 집에 갈 때 챙겨가라. 매형 사다 드리면 좋아할 거야.”

나는 그녀의 도움을 받아 네 통의 차를 샀다. 서안지방에서 생산되는 철관음(鐵觀音)이라는 이름의 차였는데, 그녀는 그 차의 특성에 대해 5분이 넘게 설명했다. 우리는 진지한 자세로 그녀의 말을 경청하며 주기적으로 고개를 끄덕였지만 그것이 사람의 몸 어디에 좋은지는 전혀 알아들을 수 없었다.

“그만 들어가 볼게.”

“뭐야? 왜 그러니 너?”

“피곤해.”

“그래? 하긴 얼굴이 시커먼 게 안 좋아 보이긴 한다. 정 힘들면 가서 쉬는 것도 나쁘진 않지.”

화지아는 무슨 시름이라도 덜어낸 듯 화색이 도는 얼굴을 애써 감추며 걱정하는 척 말했다.

나는 그녀가 가게를 정리하는 동안 밖으로 나와 모처럼 따듯한 햇살을 즐겼다. 키가 작은 그녀를 대신해 가게 셔터를 내려주고 우리 셋은 정거장으로 걸어갔다. 그는 내가 먼저 택시에 오르는 것을 보겠다고 우겼지만 나는 한사코 거절했다. 얼마를 기다려 그들이 먼저 버스에 오르는 것을 보고 난 뒤 택시를 잡았다.

　동풍광장으로 돌아온 나는 제일 먼저 욕조에 뜨거운 물을 받아 몸을 담그고 피로를 풀었다. 목욕을 끝내고는 벗은 옷가지를 차례로 주워 입고 점퍼의 단추까지 채운 뒤 방으로 들어왔다. 침대에 누워 눈을 감고 잠을 청했지만 좀체 잠이 오지 않았다. 몸이 극도로 지치면 잠을 이루기 어렵다는 소리를 어디선가 들은 적이 있는데, 온몸의 기운은 물속에 가라앉은 빨래들처럼 축축하고 무거우면서도 이상하게 정신은 또렷했다. 나는 한쪽 구석에 놓아두었던 짐을 뒤져 책을 꺼내 들었다. 침대에 누워 읽는 듯 마는 듯하다 깜박 잠이 들었다. 점심을 거른 채 얕은 수면에 빠져 한나절을 흘려보냈다.

　나는 의식이 돌아올 때까지 눈을 감은 채로 몸을 뒤척였다. 한동안 그렇게 누워있다 현관문이 열리는 소리에 본능적으로 몸을 일으켰다. 거실로 나가보니 조선족 여자가 허리를 구부려 신발을 벗고 있었다.

　"출근 안 해요?"

　나는 뻑뻑한 눈으로 시계를 쳐다봤다.

　"출근해요. 8시에 나가."

　그녀의 말이 채 끝나기도 전에 방으로 돌아와 자리에 누웠다. 가만히 천장을 바라보다 눈을 감았다. 잠시 뒤 안방 문이 열렸다 닫혔다 하는 부산한 소리가 나더니 화장실로부터 물 쏟아지는 소리가 들려왔다. 쏴아, 파타탁-. 샤워기에서 쏟아져 내리는 물이 타일 바닥에 부딪쳐 만들어내는 파장 소리가 문틈을 침입해 들어왔다. 나는 공연히 불편한 심기가 되어 자리에서 일어나 문을 잠갔다. 다시 침대로 돌아와 이불을 머리까지 뒤집어쓰고 잠을 청해봤지만 소용이 없었다. 그렇다고 깨어 있는 것도 아닌 혼미한 정신 상태가 여전히 지속될 뿐이었다.

시간이 얼마나 흘렀을까. 다시 잠이 들었던 모양인데 어디선가 퉁퉁퉁, 속이 빈 나무관을 두드리는 듯한 공명한 소리가 아스라이 들려왔다. 몽롱한 의식 속에서 점점 소리는 형체를 갖추기 시작하더니, 이내 쿵쿵쿵, 철문을 걷어차는 소리로 둔갑해 내 귀를 파고들었다.

"문 열어. 나 왔다."

화지아의 외침소리가 가라앉은 내 의식을 뒤흔들었다. 나는 그의 외침에 고개를 털고 일어났다. 최대한 의식을 차리고 난 뒤 거실로 나가 현관문을 열었다. 술이 잔뜩 오른 화지아가 한 손에 맥주병을 쥐고 들어와 신발을 벗자마자 곧장 작은 방으로 들어갔다.

"올라가서 자."

나는 찬 바닥에 철퍼덕 드러누운 그에게 침대를 가리키며 말했다.

“됐어. 넌 침대 써. 난 바닥체질이야.”

화지아는 방 한구석에 가지런히 접혀 있는 이불을 끌어와 대충 몸에 두른 뒤 맥주를 병째로 홀짝였다. 나는 그대로 침대에 누워 그를 바라보다 이불을 뒤집어썼다.

“명철아, 자니?”

“……”

“너, 나 처음 만났을 때 기억나니? 내가 너 갓난쟁이 때 보고 초등학교 들어간 뒤 처음 본 건데. 니가 한 3학년쯤 됐었지 아마. 왜 내가 니 머리 쥐어박으면서 그랬잖아. 생긴 건 차게 생긴 놈이 이름은 촌스럽게 친근하다고. 기억 않나?”

나는 아무 대꾸도 하지 않았다. 그는 아랑곳없이 계속해서 지껄였다.

“내가 있는 문화원에 들어왔던 게 언제지? 네가 중학교 들어가기 전이었으니까, 가만있자, 육 년? 칠 년? 벌써 그렇게 됐나? 아, 그동안 난 뭐하고 살았는지 모르겠다.”

잠시 침묵이 흘렀다. 나는 그와 처음 만났던 종로의 한 빈대떡집을 떠올렸다. 땅딸한 키에 검은 뿔테 안경을 쓴 폭탄머리의 그는 개그맨을 연상케 하는 재미난 인상이었다. 엄마는 빈대떡이 나오자 젓가락으로 찢어주며 막내 외삼촌에게 인사하라고 했다. 엄마와 배 다른 동생이라 그동안 왕래가 없었던 탓에 내가 그를 멀뚱히 쳐다보고만 있자 그는 내 머리를 쥐어박으며 한껏 억지웃음을 쏟아냈다. 그는 익살스런 외모만큼이나 입담 또한 탁월했다. 나는 작은 체구에서 쏟아내는 거침없는 웅변과 해박한 지식들(물론 그것이 전부 헛소리임을 곧 알게 되었지만)에 이끌려 엄마를 졸라 그가 가르치는 문화센터에 가게 되었다. 그림에 관심이 있어서라기보다 막내 외삼촌의 시시콜콜한 얘기가 듣고 싶어서 무작정 내린 결정이었다. 그러나 나는 오래지 않아 그곳을 그만두어야했다. 그가 문화센터 회원들의 곗돈을 챙겨 어디론가 잠적했기 때문이었다.

"사실은 내가 너 처음 봤을 때부터 그냥 좋았어. 칠십 노인네 같은 놈을 내가 왜 좋아했을까? 누구 좋아하는 게 어디 이유가 있겠냐만……. 코티샹도 마찬가지야."

"어서 자. 피곤할 텐데."

나는 이불을 덮어쓴 채 퉁명스레 내뱉었다.

"거봐라. 잠도 안 오면서 자는 척하긴. 아무튼, 내가 하고 싶은 말은 그래도 너랑 중국에 오길 잘했단 얘길 하려고 했던 거야. 니 덕분에 씨안 가서 대접도 받게 되고 말이지. 중국은 사회주의국가가 아니야. 그보다는 합리주의? 아니 합리적 개인주의 국가라고 하는 게 더 낫겠다. 너도 봤지? 기차 안에서 속옷 입은 채로 돌아다니는 여자들. 다른 사람 눈치 안 보고 얼마나 자유롭게 사니? 그러니까 그들이 진짜 예술이 뭔지 아는 거야. 아무리 이 대륙이 자본주의 논리에 빠졌다고 해도 아직까진 살아있어. 씨안에서 못 봤니? 내가 그린 그림, 그거 보고 다들 경탄해서 입을 못 닫았잖아. 별 것 아닌데도 말이지? 명철아, 난 중국이 좋다. 나를 인정해주는 이 대륙이 좋아. 그렇지? 이렇게 날 인정해주는데, 이 삼촌이 다시 붓을 잡아야겠지? 돈 안 되도 먹 좀 갈아 마셔야겠지?"

그는 마치 자신을 향해 무슨 다짐이라도 하듯 거듭해서 되물었다. 그러나 나는 입을 굳게 다물고 있었다.

"여기 형은 날 몰라. 그 사람은 예술을 몰라. 그냥 날 동생이니까, 이해하는 정도지. 내가 진짜 예술가라는 건 몰라. 명철아, 하지만 넌 알아야 된다. 이렇게 삼촌이 방황하는 건 시간 낭비가 아니야. 나는 이미 에너지를 다 저장해 뒀어. 이제 그리기만 하면 되는 거야. 그래, 난 곧 계림으로 갈 거야. 올해가 가기 전에 꼭 가야 돼. 근데, 가기 전에 코티샹 초대해서 내 손으로 밥은 먹여줘야지. 하하. 너, 설마 거기까지 따라오겠단 말은 말아라. 제발, 부탁이다."

화지아는 무슨 상상을 하고 있는지 실실 웃음을 흘려댔다. 나는 어떤 반응도 보이지 않았다. 더 이상 그가 떠들어대지 않도록 하려면 그 수밖에 없었다.

"근데 명철아, 나 사실 며칠 전에 서예가한테서 전화 받았다. 몰랐지? 그 여자, 여기 오겠데. 꽝저우에서 나하고 즉흥 전시회를 열자고 하네. 진 교수가 내 필력이 대단하다고 입에 침이 마르도록 칭찬했다는 거야. 그래서 나보고 그림 열 점 정도만 미리 그려놓으래. 자기가 곧 갈 테니까 구체적인 얘긴 만나서 하잔다. 그러면서 뭐라고 했는지 아냐? 호호, 찬기씨, 예술도 산업이잖아요. 하하, 니미 좆또."

화지아는 풀어진 혓바닥을 확인이라도 하려는 듯 두서없이 주절거렸다. 나는 그의 끊임없는 잔소리에 잠을 이룰 수 없었다. 모로 누워 다리를 모으고 애써 잠을 청했다. 얼마 뒤 멈출 것 같지 않던 그의 말이 뚝 끊어지더니, 한꺼번에 술을 퍼붓는지 벌컥벌컥 목울대가 출렁거리는 소리가 이불 속까지 들려왔다. 그는 술병을 다 비워냈는지 가쁜 숨을 몰아쉬며 말을 이었다.

"명철아, 내가 중국에 온 진짜 이유가 뭔지 궁금하지 않니?"

나는 슬그머니 이불을 걷고 그를 돌아봤다.

"아니다. 그만하자."

화지아는 내 눈을 뚫어지게 바라보다 곧 이불을 말고 돌아누웠다. 나는 그의 곱슬곱슬한 뒤통수를 가만히 응시하다 이내 몸을 바로 눕혀 천장을 바라봤다. 밤바람소리인가. 투둑투둑. 창문을 두드리는 소리가 저 멀리 아스팔트 위로 타이어의 마모되는 소리와 함께 뒤섞여 귓가를 맴돌았다.

새벽 1시가 조금 넘은 시각. 외삼촌이 돌아왔다. 그는 술이 많이 취했는지 고래고래 소리를 지르며 나와 화지아를 불렀다. 한청! 찬기! 우리는 고개를 벌떡 세우고 놀란 눈으로 서로를 마주봤다. 화지아와 나는 재빨리 이불을 걷고 일어나 밖으로 나갔다. 외삼촌은 소파에 앉아 몸에 꼭 끼는 검은 비닐가죽옷을 입은 여자를 껴안고 입을 맞추려 하고 있었다.

"아니, 연희 갔다고 고새 작업 들어간 거야? 역시 형은 영원한 리베로야. 오, 리에베로오ㅡ."

화지아는 나를 쳐다보고 엄지를 치켜들며 혀를 굴려 외쳤다. 처음 이곳에 들어섰을 때 연희를 안고 있던 외삼촌을 내게 소개할 때의 그 멋쩍은 표정과 비슷했다.

"한청, 애 어때? 탤런트 같지?"

외삼촌은 벌겋게 탄 얼굴로 나를 바라봤다. 나는 그의 시선을 피해 화지아를 쳐다봤다.

"어디 애야?"

화지아는 금세 어린 아이처럼 신기한 표정으로 여자를 훑고 있었다.

"한족이야."

외삼촌은 여자의 사타구니에 손을 넣고 비벼댔다.

“한청, 맥주 가져와.”

나는 주방으로 가 맥주 두 병을 꺼내왔다. 어느새 화지아는 스프링 노트를 가져와 매화를 그리고 있었다.

“니, 피얼량.”

화지아는 그림을 그리는 동안에도 앞에 앉아 있는 그녀의 얼굴을 힐끔거렸다.

“됐다. 이런 애한테 무슨.”

외삼촌은 맥주를 병째로 들이켜다 말고 핀잔을 줬다. 화지아는 스프링 노트를 팍 소리 나게 덮으며 나를 쳐다봤다.

“도대체 그림은 언제 그릴 거야? 전시회 열려면 부지런히 그려야 할 거 아니야.”

나는 작은 방에서 화지아가 술에 취해 떠들어대던 말을 떠올리며 물었다. 광저우에 도착한 뒤로 화지아는 제대로 된 그림을 그린 적이 없었다. 한 번인가 방 안에 틀어박혀 화선지를 펼치고 있다 내가 들어가자 얼른 구겨버린 일이 있긴 했지만, 그림은 뒷전이고 오로지 차방 여자에게만 온 신경을 곤두세우고 있는 것 같았다.

“넌 눈깔이 어디로 갔니? 지금까지 내가 그리고 다닌 건 죄다 뭐냐? 개똥이냐?”

화지아는 화풀이 화살을 내게 돌렸다. 그리고는 무안했는지 몸을 돌려 텔레비전을 켰다.

"아유, 여긴 전부 쌀래대서 뭔 말인지 하나도 못 알아먹겠네."

그는 나를 올려다보며 객쩍은 웃음을 흘렸다. 그러나 그 웃음은 너무도 허허로워 듣고 있는 사람에게 민망함마저 들게 했다. 외삼촌은 한족 여자의 허리를 감싸 안고 흐느적대며 일어났다.

"한청, 지금부터 무슨 소리가 나도 못 들은 거다. 비명이 들려도 말이지."

나는 멋쩍게 고개를 끄덕였다. 화지아는 외삼촌이 방으로 들어가는 것을 보고 자리에서 일어났다. 나는 술병을 치우기 위해 테이블로 갔다.

"치우지 마. 내일 일어나면 저 사람한테 치우라고 해."

화지아는 퉁명스럽게 내뱉고는 내 팔을 잡아끌었다. 우리는 방으로 들어와 각자의 자리에 누웠다. 내가 바닥에 눕겠다고 해도 한사코 그는 나를 침대 위로 떠밀었다. 나는 이불을 코밑까지 끌어 덮고 잠이 오길 기다렸다. 얼마 뒤 옆방에서 침대의 쌕쌕거리는 스프링 소리와 함께 여자의 신음소리가 들려오기 시작했다. 나는 눈을 감고 벽에 달린 사각시계의 초침 소리에 집중했다. 한동안 말이 없던 화지아는 상대가 듣거나 말거나 아무렇지 않다는 듯 다시 떠들어댔다. 그러나 그의 목소리는 목욕탕을 훔쳐보는 어린 아이처럼 긴장한 듯 떨리고 있었다.

9

아침이 밝았다. 아니, 정오가 훨씬 지나 있었다. 거실에 난 넓은 창문으로 보이는 바깥 풍경은 여지없이 희끄무레했다. 한국의 제주도보다 아래쪽에 위치한 남반부지역이라지만 이곳도 엄연한 겨울이었다. 싸늘한 공기가 정체된 안개처럼 실내를 감아 누르고 있어 마치 한데서 잠을 잔 것처럼 온몸이 얼얼했다. 화지아는 어느새 일어났는지 노란 냄비를 테이블로 옮기고 있었다.

"일어났니? 씻어. 형은 깨우지 마."

그는 냄비를 내려놓으며 코맹맹이 소리로 말했다.

"감기 걸렸어?"

나는 화장실을 향해 가며 지나가듯 물었다. 그는 젓가락 짝을 맞추다 말고 밝은 목소리로 특히 마지막 단어에 악센트를 넣어 대꾸했다.

"내가 아픈 게 걱정은 되나 보오지?"

나는 피식 실소를 흘리며 화장실로 들어갔다. 간단히 세면을 끝내고 젖은 얼굴로 나온 내게 화지아는 아쉬운 듯 입을 열었다.

"걔는 갔나봐. 내가 일어나자마자 살짝 열어봤는데, 형 혼자 자고 있더라."

"좋은 구경 놓쳐서 어떡해?"

"그러게. 아주 쌩 라이브를 놓쳤네."

화지아는 진심으로 안타깝다는 표정을 지어보였다. 나는 테이블로 가 자리에 앉자마자 희부연 김이 모락모락 피어오르는 북어국을 가리켰다. 그는 매우 흡족한 표정으로 국을 가득 담아 내 쪽으로 디밀었다. 나는 숟가락을 들고 천천히 음미하듯 국물을 떠먹었다.

"찌개 끓였어?"

그때 외삼촌이 잠옷차림에 두꺼운 점퍼를 걸치고 거실로 나왔다.

“아니, 그냥 북어국 끓였어. 속 좀 확 풀리라고.”

그는 외삼촌을 위해 한 그릇을 더 떠 내 옆자리에 내려놓았다.

“그 때 말한 옷가게 있지. 식사 끝내고 같이 가자. 한청이도 준비해.”

외삼촌은 눈이 부신 듯 미간을 찌푸리며 벽에 걸린 시계를 올려다봤다.

며칠 전 외삼촌은 나와 화지아에게 점심을 먹다 말고 앞으로의 가게 운영에 대해 얘기하며 중국의 사회구조를 운운했었다. 이 거대한 사회를 움직이는 것은 공산당인데, 이 유일한 정권세력은 분산된 힘을 하나로 모으는 단결이 뛰어난 반면 동시에 가장 부패한 구조를 가지고 있다. 그렇기 때문에 이 사회에서 공산당 말이면 뭐든지 다 통할 수 있다는 얘기였다. 외삼촌은 우연히 알게 된 옷가게 주인이 공산당원을 아버지로 두고 있어 친분을 쌓아두려는 것 같았다. 그는 몇 술 뜨는 듯 마는 듯하더니 화장실로 향하며 화지아에게 그림도구를 챙기라고 당부했다.

외출준비를 끝내고 외삼촌을 따라 나선 곳은 공산당이 직영한다는 옷가게들이 밀집한 상가지역이었다. 그곳에서 우리는 제일 큰 건물의 삼층에 있는 청바지 가게를 찾았다. 20대 초반으로 보이는 두 남자가 3층으로 올라가는 계단 입구에 테이블을 놓고 앉아 차를 마시고 있었다. 외삼촌은 과장된 몸짓으로 다가가 그 중에 머리가 짧고 체격이 단단해 보이는 남자와 포옹을 나눴다.

"뭐해?"

외삼촌은 화지아를 향해 눈짓했다. 그는 태연한 얼굴로 화구를 꺼내 테이블 위에 올려놓았다. 그리고는 그림은 그리지 않고 담배를 한 대 꺼내 물었다. 외삼촌은 의식적으로 신경을 쓰지 않으려고 그들과 대화를 나누며 눈길조차 건네지 않았다. 화지아는 반도 채 피지 않은 담배를 신경질적으로 눌러 끄고는 붓을 들었다. 그가 그림을 그리기 시작하자 주위는 금세 호기심 어린 표정의 사람들로 북적였다. 외삼촌은 그림이 완성되는 동안 여전히 그들과 웃고 떠들었다.

"헤이, 받아."

화지아는 다 그린 그림을 짧은 머리에게 직접 건넸다. 짧은 머리는 그림을 받아들고 매우 만족한 표정으로 이리저리 돌려 보며 '씨에씨에'를 연발했다.

"한청. 이따 저녁 때 좋은 데 가자. 찬기는 빼고. 넌 코티샹 만나야지."

흡족해진 외삼촌은 화지아를 쳐다보며 놀리듯 웃었다.

"아니, 형, 뭔 소리야? 내가 무슨 여자 때문에 여기 온 줄 알아?"

화지아는 화구를 챙겨 넣고 자리에서 벌떡 일어났다.

"한청아, 도대체 거기가 어디라니?"

화지아는 내게 한쪽 눈을 끔벅이며 웃어 보였다. 외삼촌은 그들과 필요 이상의 진한 포옹으로 작별인사를 대신했다. 우리는 외삼촌을 따라 건물 밖으로 나왔다. 택시를 기다리는 동안 외삼촌은 안주머니에서 지갑을 꺼내 100위안짜리 인민폐 몇 장을 화지아에게 건넸다. 그는 한 치의 망설임 없이 냉큼 받아 주머니에 쑤셔 넣었다.

"오늘은 그냥 가게에 있자. 가서 오랜만에 얼큰한 김치찌개에 속도 좀 풀고."

외삼촌은 웃는 얼굴로 그를 쳐다봤다.

"그래. 그게 낫지, 뭐."

화지아는 금세 시무룩한 얼굴이 되어 대꾸했다. 외삼촌은 내게 눈짓을 한 번 보내고는 택시를 잡기 위해 차도로 내려섰다. 얼마 뒤 우리는 중앙선을 넘어 유턴해 들어온 택시에 몸을 실었다.

어슴푸레한 그늘이 내린 도시의 어느 골목에 택시는 멈췄다. 문을 열고 발을 막 내린 화지아는 시끄러운 음악이 쾅쾅 터져 나오는 나이트클럽의 정문을 향해 양팔을 훌쩍 치켜들었다.

"형, 우리 가게가 언제 업종을 바꾼 거야? 하하. 오―, 마이

차이나."

높은 계단의 입구에는 유니폼처럼 보이는 체크무늬 미니스커트를 입은 여자 두 명이 리듬에 맞춰 몸을 비틀고 있고 그 아래쪽에는 바구니를 들고 먹을 것을 구걸하는 여러 명의 거지들이 몰려 있었다. 화지아는 춤을 추고 있는 여자들을 향해 싱글벙글하며 연신 '니 하오마'를 외쳤다. 우리는 들러붙는 거지들을 뿌리치고 안으로 들어갔다.

1층 카운터에서 각각 입장료 30위안을 치르고 난 뒤 나와 화지아는 외삼촌을 따라 2층으로 올라갔다. 계단을 오를수록 강한 비트의 드럼소리가 소음처럼 고막을 울려오기 시작했다.

"한 층 더 올라가자."

앞장을 선 외삼촌이 뒤를 돌아보며 소리쳤다. 화지아는 계단을 내려오는 중국인 여자들을 달뜬 얼굴로 정신없이 훑고 있었다. 우리는 3층으로 올라가 두 개의 유리문 중에 오른쪽을 열고 컴컴한 실내로 들어섰다. 귀청을 찢을 듯한 강한 비트가 지진처럼 실내를 뒤흔드는 가운데 스테인리스강이 둘러쳐진 스테이지 안쪽에선 젊은 남녀들이 미친 듯이 사지를 떨어대고 있었다. 그들의 경련 같은 몸짓은 내겐 발광처럼 느껴졌다.

"형, 너무하네. 한청이 오니까 여기 온 거야? 나 있을 땐 가잔 소리도 없었잖아."

화지아는 불평 섞인 목소리로 투덜거렸지만 입가엔 내내 웃음이 가시질 않았다. 잠시 주위를 둘러보던 외삼촌은 우리를 보고 엄지를 세워 머리 뒤쪽을 가리키며 옆방으로 가는 게 좋겠다는 표시를 보냈다. 우리는 그를 따라 밖으로 나와 이번에는 왼쪽 유리문을 밀고 안으로 들어섰다. 그곳은 좀 전보다 훨씬 밝은 분위기에 일반 테이블 높이의 원형 무대가 설치되어 있었는데, 그 위에선 검은 가죽바지에 알몸 위로 호피코트를 걸친 야성미 넘치는 건장한 체구의 남자가 중국어로 번안된 김현식의 '내 사랑 내 곁에'를 부르고 있었다. 우리는 무대 주변에 동그랗게 놓여 있는 테이블 가운데 안쪽의 적당한 자리를 골라 앉았다.

"야, 재수 없게 여기서까지 한국노래냐? 그것도 죽은 놈 노래를."

화지아는 테이블에 팔꿈치를 올려 턱을 괴고 한쪽 다리를 떨어댔다. 외삼촌은 웨이트리스를 불러 버드와이저 10병과 오징어 양념꼬치를 주문했다. 술이 나오기를 기다리는 동안 호피코트의 가수는 사라지고 가녀린 팔 다리에 금발의 가발을 쓴 30대 초반의 여자가 높은 힐을 신고 우아한 자태로 무대 위에 올라왔다. 몸매가 적나라하게 드러나는 실크 드레스를 바닥까지 늘어뜨린 여자는 시선을 비스듬하여 천천히 원을 그리며 주위를 한 바퀴 돌았다. 매우 의례적인 행동처럼 느껴졌다. 잠시 뒤 여자는 마이크를 세 손가락으로 쥐고 노래를 부르기 시작했다. 그녀가 한 소절을 다 부르고 나자 그제야 무대 위로 반주가 흘러나왔다. 주문한 술이 나오자 외삼촌은 라이터로 병뚜껑을 딴 뒤 잔에 술을 채웠다. '건빠이'를 외치며 몇 잔을 연거푸 비어내는데, 갑자기 화지아가 무대 위를 가리키며 놀란 눈으로 외쳤다.

"저거 남자 아냐?"

나는 꼬치를 집다말고 고개를 쳐들었다. 긴 생머리와 가느다란 팔다리, 모과알 만한 유방이 여자임에 틀림없었지만, 놀랍게도 튀어나온 빗장뼈 위로 가파르게 쭉 뻗은 목에는 닭 벼슬 같은 목젖이 툭하니 달려 있었다.

"손가락질하지 마."

잔을 들고 있던 외삼촌이 당혹스런 표정으로 화지아를 쳐다봤다.

"이런 데 왔으면 그냥 즐겨. 남 신경 쓰지 말고."

외삼촌은 잔을 내려놓고 담배에 불을 붙였다. 화지아는 자신이 무슨 큰 죄라도 지은 것처럼 벌겋게 달아오른 얼굴로 무대 위 가수만 멀뚱히 쳐다봤다. 내 곁으로 뿜어져오는 연기를 간접 흡연하며 나는 입을 다물어버린 화지아를 바라보다 문득 그의 뒤쪽 테이블로 시선이 옮아갔다.

밤색 재킷에 레이스가 달린 하얀 블라우스를 입고 있는 까만 생머리의 여자. 스물 두셋쯤 되었을까. 다소곳한 자세로 앉아 있는 그녀는 노래를 부르고 있는 가수를 유심히 관찰하고 있었다. 곁에 있는 친구로 보이는 뚱뚱한 여자가 많이 취했는지 빈 잔을 들고 흐느적거리다 갑자기 그녀의 볼에 키스를 했다. 깜짝 놀란 그녀는 몸을 뒤로 빼더니 친구의 잔을 빼앗은 뒤 조용히 미소를 지어 보였다. 그리고는 다시 두 팔을 가지런히 모아 무릎에 얹고 가수의 노래를 경청했다. 나는 앞쪽의 짧은 머리를 귓바퀴 뒤로 빗어 넘겨 살짝 드러난 그녀의 볼록한 이마를 넋을 잃고 바라봤다.

"저 애랑 사진 한 장 찍게 해주세요."

나는 외삼촌을 바라보며 소리쳤다.

"이야, 한청! 이제 좀 열리니?"

침묵하고 있던 화지아가 실실 콧바람을 흘리며 입을 열었다. 나는 가방에서 카메라를 꺼내 외삼촌에게 건넸다. 그는 담배를 입에 물고 짧게 고개를 끄덕였다.

나는 외삼촌과 그녀가 있는 테이블로 건너갔다. 외삼촌은 그녀에게 정중한 자세로 뭐라고 말을 붙였다. 그러나 일 분도 되지 않아 그는 나를 돌아보며 고개를 흔들었다. 그녀가 거절했단 사실을 깨닫자 나는 금세 용기를 잃었다.

"왜? 잘 안 된 거야?"

화지아는 자리로 돌아와 앉은 나를 쳐다보곤 외삼촌에게 물었다. 나는 화지아의 술을 빼앗아 왈칵 들이켰다. 그리고는 테이블에 놓인 카메라를 집어 들었다. 내가 지금 무슨 짓을 하고 있는 걸까. 언제나 그렇듯이 머릿속의 제어장치가 발동했지만, 내 몸은 이미 그녀 쪽으로 성큼성큼 옮겨가고 있었다. 어디서 그런 용기가 솟아났는지 설명할 수 없었다.

"니 하오마."

인사를 건네긴 했지만, 다음에 무슨 말을 해야 할 지 도저히 입이 열리지 않아 뒤를 돌아봤다. 화지아는 오징어 다리를 질겅질겅 씹어대며 내 쪽을 향해 생글생글 웃고 있었다.

"익스 큐즈 미, 아임 코리언. 렛 미 테이크 어 픽쳐 위드 유."

내가 함께 사진을 찍고 싶다며 허리를 숙여 그녀 쪽으로 상체를 밀착하자 그녀는 겁먹은 표정으로 뭐라고 떠들었다. 나는 과감히 고개를 디밀고 그녀의 입가에 귀를 대었다. 야릇한 느낌을 음미하기도 전에 몸을 뒤로 기울인 그녀의 입에서 나온 낯선 말은 내 기대의 산통을 깼다. 언어나 문자 따위 없이도 그녀와 뭔가 교감할 수 있을 것만 같던 내 생각은 그야말로 생뚱맞음 그 자체였던 것이다. 내가 전혀 알아듣지 못하겠다는 표정을 짓자 그녀는 어이없는 미소를 지으며 가볍게 고개를 흔들었다. 그리고는 허리를 구부려 거절의 인사를 했다.

"성공했니? 야, 한청이가 이제야 느끼는구나."

자리로 돌아온 나는 외삼촌이 건넨 중국산 담배를 잠시 망설이다 피워 물었다. 예전에 호기심에 몇 번 피워본 적이 있긴 했지만 막상 담배 연기를 흡입하니 어지럼증이 몰려와 재떨이에 눌러 꺼버렸다. 대신 가방에서 메모지를 꺼내 한국의 주소와 전화번호, 이메일주소를 적어 다시 그녀가 있는 곳으로 갔다. 이번에는 돌아보려고조차 하지 않았다. 내가 어깨를 건드리며 끝까지 채근하자 그녀는 마지못해 고개를 돌렸다. 나는 대뜸 연락처가 적힌 메모지를 건네고 자리로 돌아왔다. 그녀가 테이블을 떠날 때까지 의식적으로 그녀에게서 눈을 떼지 않았다. 곁에서 떠들고 있는 화지아의 목소리가 허공을 날아다니는 모기떼의 날갯짓 소리처럼 귓가를 웽웽 맴돌았다. 나는 줄곧 서둘러 자리를 피한 그녀를 생각하고 있었다. 그녀를 만나기 위해 여기까지 날아온 게 아닐까. 내 머릿속은 터무니없는 생각마저 쥐어 짜내고 있었다.

"너무 우울해하지 마. 이건 비밀인데, 그 애 말이지, 내가 여기다 가둬버렸다. 하하."

화지아는 카메라를 흔들어 보였다. 내 표정은 여전히 굳어 있

었다. 외삼촌은 담배를 재떨이에 눌러 끄며 자리에서 일어났
다.

"아래층으로 옮기자. 그쪽이 더 분위기 있어."

"그래? 스트립쇼라도 하는 거야?"

화지아는 내 손을 붙잡으며 즐거운 비명을 질렀다.

"한청아, 이제 좀 느껴지니? 그냥 느껴. 이 순간을 즐겨보
라구."

화지아는 테이블에 놓인 병들을 하나씩 흔들어 남은 술을 통
째로 목구멍에 쏟아 부었다.

"형, 먼저 내려가. 난 좀 흔들고 가야겠어."

외삼촌과 나는 아래층으로 내려와 화장실 쪽 가까운 테이블
에 자리를 잡았다. 넓은 홀에는 띄엄띄엄 테이블이 있었는데,
사람들은 술을 홀짝이며 인도인처럼 보이는 여가수의 팝송을
음미하고 있었다. 두 손으로 마이크를 움켜쥐고 서서 가볍게 리
듬을 타고 있는 여가수는 움푹한 눈과 높은 콧날, 구리빛 피부
의 늘씬한 몸매가 매력적이었다. 외삼촌은 하이네켄을 주문하
고는 테이블 위에 놓인 노란 컵과 주사위 5개를 내게 건넸다.
그 도구들은 게임에서 진 사람에게 술을 먹이기 위해 사용되는
것이었는데, 컵 속에 주사위들을 넣고 흔들어 엎은 뒤 1이 나오
면 제거하고 6이 나오면 상대에게 떠넘겨 남은 것을 모두 빨리

없애는 사람이 이기는 게임이었다. 내가 스스로 비워낼 수 없다면 남에게라도 떠넘겨야만 벌을 면할 수가 있었다. 우리는 술이 나오자 말없이 주사위가 담긴 컵만 흔들고 있었다. 그렇게 몇십 분이 지났을까. 화지아가 입구에 서서 안쪽을 두리번대고 있었다. 나는 그를 향해 손을 흔들어 보였다.

"왜 벌써 와?"

외삼촌은 컵을 들어 주사위를 확인하다 말고 화지아를 올려다봤다.

"재미없어."

나는 외삼촌과 화지아에게 차례로 술을 따랐다. 무대 위의 여가수가 물러나고 어느새 연주음악이 홀 안에 고즈넉이 울려 퍼졌다. 우리는 고통의 새벽을 지새우고 아침을 맞이하는 전장의 지친 병사처럼 맥없이 맥주잔만 부딪쳤다. 연주음악이 끝나자 이어서 낯익은 목소리가 흘러나왔다. 워싱구어싱치엔 위라이 저우청 용진이정예완…… 저음이면서도 미소년처럼 꾸밈없이 맑고 투명한 음색이었다.

"이 노래, 누가 불렀지?"

화지아는 누구랄 것도 없이 혼잣말처럼 지나치듯 중얼거렸다. 나는 가만히 고개를 저었다.

"형, 이 노래 누가 부른 거야?"

“글쎄. 헤이, 씨아오지에. 저 슐거 스 쉐이 창더?”

외삼촌은 마침 옆 테이블을 닦기 위해 걸레를 들고 온 웨이트리스를 향해 물었다.

“장궐롱.”

그녀는 한 마디 짧게 내뱉고는 테이블을 닦기 시작했다.

“장펄롱이 뭐야?”

화지아는 웨이트리스의 미니스커트 아래로 드러난 희불그레한 허벅지를 곁눈질하며 물었다.

“장국영.”

외삼촌은 벌써 몇 대째인지 모를 담배에 불을 붙이며 낮은 어조로 말했다.

“맞아요. 무슨 영화에 나온 노래 같은데요?”

나는 정확히 기억할 수 없지만 장국영이 등장한 어느 영화의 한 장면을 떠올렸다. 흘러간 영화를 소개하는 TV 프로그램이었는데, 거기서 그는 약간 젖은 듯한 헝클어진 머리로 검은 그랜드 피아노 앞에 앉아 두 눈을 감은 채 하얀 건반을 조심스럽게 두드리며 감미로운 노래를 부르고 있었다.

“이런 씨빨, 여기도 지옥이야? 그런 거야? 왜 죽은 놈만 노래 불러?”

화지아는 한쪽 눈썹을 치켜 올리고 입을 삼각형 모양으로 찌그러뜨리며 한 때 인기를 끌었던 적이 있는 한국의 젊은 개그맨을 흉내냈다.

"옛날 생각나고 좋은데 왜? 내가 회사 다니던 시절에 얘 나온 영화 진짜 인기 많았었지."

외삼촌은 빈 잔에 술을 따랐다.

"그래, 걔가 죽은 이유가 뭐래?"

화지아는 나를 뚫어질 듯 처다보며 물었다.

"글쎄. 사생활 때문이라고도 하고. 죽기 전에 찍은 영화가 있었다는데, 그 영화 속 주인공과 자신을 혼동해서 죽었다는 얘기도 있고."

"빙신. 영화랑 지 삶도 구분 못해 죽어?"

"아니지. 자기 예술에 혼을 받친 거라고 할 수 있지. 영화도 엄연히 표현의 예술이잖아."

"아유, 됐다."

화지아는 술잔을 거칠게 내려놓으며 자리에서 일어났다. 그는 점퍼 주머니에 손을 꽂고 입구 쪽으로 천천히 걸어 나갔다.

"삼촌, 왜 그래?"

"갈 거야. 재미없어."

화지아는 뒤도 돌아보지 않고 손을 흔들어 보였다. 나는 어리둥절한 표정으로 곁에 있는 외삼촌을 바라봤다. 그는 손에 쥐고 있는 주사위를 가만히 내려놓았다.

"한청. 예술가들은 저렇게 꼴린 대로 살아도 되는 건가?"

외삼촌은 냉소 띤 얼굴로 나를 바라봤다. 나는 모르겠다는 표시로 고개를 살짝 저었다. 외삼촌은 계단을 내려가는 그가 보이지 않을 때까지 고개를 들고 눈을 떼지 않았다. 나는 테이블 위에 놓인 주사위를 만지작거렸다. 화지아가 사라진 뒤 한동안 술잔만 쳐다보고 있던 외삼촌은 팔짱을 풀고 자리에서 일어났다. 나는 엉거주춤한 자세로 주사위 두 개를 집어 재빨리 주머니에 쑤셔 넣고는 그를 따라 밖으로 나갔다.

10

광저우(廣州)역의 광장은 온갖 사람들로 북적거렸다. 온몸에 시커먼 먼지를 뒤집어쓴 것처럼 더러운 누더기를 걸친 사람부터 고급 선글라스를 끼고 화려한 가죽을 몸에 걸친 사람들까지 생활수준도 생김새도 나이도 성별도 천차만별의 사람들이 저마다 어디론가 서둘러 걷고 있었다. 나와 화지아는 택시들이 대기하고 있는 승강장 앞에 서서 난간에 기댄 채 그녀가 나타나길 기다리고 있었다. 화지아는 몸매가 쫙 드러나는 블랙진을 입고 눈앞으로 성큼성큼 지나가는 젊은 여자의 온몸을 훑어보며 흐뭇한 표정을 짓고 있었다. 나는 여기 시간으로 맞춰놓은 손목시계를 들여다보고는 광장 입구부터 그녀가 나타날 만한 곳을 구석구석 둘러봤다.

"정말 온다고 한 게 맞아?"

나는 화지아를 보며 물었다. 그의 말대로라면, 서예가는 광저우에 있는 서예미술협회에 중요한 볼 일이 있어 이곳으로 오게 되어 있었다. 화지아는 오후 2시 정각에 광저우역 시계탑 앞 택시 승강장에서 그녀와 만나기로 약속했다고 했다. 그녀는 광저우에 도착하면 서안에서 나눴던 사찰 전시회 건 얘기에 대해 자세히 설명해주겠다고 했다. 그때 화지아는 서예가가 괜찮다고 하는데도 극구 마중을 나가겠다고 한 모양이었다. 그의 고집 때문에 나는 추위에 떨며 이 드넓은 역 주변을 하릴없이 두리번대야 했다. 40분이 훌쩍 넘었는데도 그녀는 아직 나타나지 않고 있었다.

"어떻게 된 거야?"

나는 난간에서 몸을 떼어내며 그를 바라봤다.

"진짜, 오긴 오는 거냐고?"

나는 짜증 섞인 말투로 재차 물었다.

"넌 왜 그렇게 성미가 급하니? 엿이나 입에 쳐 물고 있어. 아주 늘어지게."

화지아는 못마땅한 표정으로 나를 바라보다 대뜸 핀잔을 주었다. 하지만 계속해서 손목시계를 들여다보는 그의 얼굴은 내심 초조한 표정이었다.

"전화를 해보던가?"

나는 팔짱을 낀 채 입구 중앙 쪽을 바라보며 퉁명스레 말했다. 화지아는 내 말을 들었는지 못 들었는지 아랑곳없이 주위를 계속해서 서성거렸다. 그때였다. 승강장 쪽 택시들이 줄지어 있는 곳에서 서예가의 목소리가 들려왔다.

"찬기씨, 명철씨, 이쪽이에요."

서예가는 노란 택시의 창밖으로 얼굴을 내민 채 손을 흔들고 있었다.

"아유, 왜 이렇게 일찍 오셨어요?"

화지아는 서예가를 보자마자 잽싸게 달려가 손을 맞잡으며 호들갑을 떨었다. 그녀는 인사를 나누기도 전에 일단 차부터 타라고 했다. 나와 화지아는 엉겁결에 노란 택시의 뒷좌석에 몸을 실었다.

"명철씨, 잘 지냈어요?"

서예가는 등을 돌린 채 나를 바라보며 반갑게 물었다.

"네, 그럭저럭요."

"아니, 뭐가 그럭저럭이야? 아주 호위호식을 하며 지내고 있다고 말씀드려야지."

화지아는 뭐가 그리 신이 났는지 방글거리며 한쪽 눈을 찡끗했다. 서예가는 광저우역에 내려 잠깐 지인에게 전해줄 물건이 있어 늦었다며 미안하다고 했다. 화지아는 별로 기다린 것도 없는데 뭐가 문제냐며 보고 싶었다는 말을 연신 내뱉었다. 그녀는 그의 말엔 아무 대꾸도 없이 내게 보여줄 데가 있다고 했다.

우리는 노란 택시의 총알운전 덕분에 쑨원의 혁명 사업을 기념하여 그의 호를 따 지었다는 중산대학교를 쏜살같이 지나 대나무 공원 앞에서 내렸다. 서예가는 대나무 공원 맞은편에 '광주미술전문학교'라고 세로로 쓰인 현판이 달린 대리석 기둥으로 된 정문 쪽으로 걸음을 옮겼다. 나와 화지아는 말없이 그녀를 따라 안으로 들어갔다. 붉은 벽돌과 대리석을 혼합해 지은 건물 입구에서 그녀는 어디론가 전화를 했다.

얼마 뒤 비쩍 마른 체구에 키가 훤칠하게 큰 콧수염을 기른 사내가 성큼성큼 뛰어나와 그녀를 맞이했다.

"하하, 하오 지우 부 찌엔."

키가 큰 콧수염이 반가운 표정으로 그녀를 힘껏 껴안았다 풀어주었다. 서예가는 백에서 작은 선물을 꺼내 그에게 건네곤 우리를 소개했다.

"쒀 더 하오마?(잘 지냈어?), 워 쒀더 띵 호와(난 잘 지냈어)."

화지아는 알지도 못하는 사내에게 어설픈 중국말로 인사를 하며 호탕한 웃음을 지어보였다. 키 큰 콧수염은 잠시 당황한 듯했지만 이내 유쾌한 웃음을 쏟아내며 그를 안아주었다. 나는 목례로 인사를 대신했다. 서예가는 그가 이곳 광주미술전문학교의 교장이라는 말을 무슨 대단한 비밀이나 되는 것처럼 나와 화지아에게 넌지시 일러주었다.

우리는 간단히 소개를 끝내고 키 큰 콧수염을 따라 2층으로 올라갔다. 조명이 환하게 비추고 있는 기다란 복도의 한쪽 벽에는 다양한 그림들이 담긴 액자들이 일정한 간격을 두고 걸려 있었다. 섹시한 자태를 뽐내고 있는 마릴린 먼로, 행복한 표정으로 활짝 웃고 있는 스머프, 심각한 표정의 고르바초프 등 팝아트계열의 현대적 그림들이 눈에 들어왔다. 화지아는 그림을 살펴보며 혼잣말로 뭔가 중얼거렸다.

"삼촌, 동양화는 없나본데? 저게 다야."

나는 복도 끝에 걸린 주름이 가득한 우스꽝스런 얼굴의 공자를 그린 초상화 한 점을 손가락으로 가리켰다.

"얘는 또 편 가르기 시작하네. 동양화, 서양화가 어딨니? 동양에서 그리면 다 동양화지. 서양에서 그리면 다 서양화고."

화지아는 새침한 얼굴로 나를 한번 쳐다보고는 앞서 가고 있는 서예가와 콧수염 사이로 재빨리 끼어들었다. 나는 잠시 힘없이 콧수염을 늘어뜨리고 있는 공자의 얼굴을 멍하니 바라보다 그들이 들어가는 것을 보고는 서둘러 발을 옮겼다.

"이쪽으로 앉으세요."

서예가는 낮은 테이블을 앞에 두고 콧수염과 나란히 앉아 내 쪽을 바라봤다. 나는 그들을 마주보고 있는 화지아의 왼편에 자리를 잡고 앉았다. 비서로 보이는 여자가 오렌지 주스를 컵에 담아 내왔다. 콧수염은 나와 화지아에게 마시라고 권하며 서예가를 향해 뭐라고 떠들었다. 화지아는 갈증을 느꼈는지 단숨에 주스를 들이켰다. 나는 잔을 들고 만지작대다 내려놓고는 주위를 둘러봤다.

"서울에서 찬기씨 작품이 얼마에 팔리는지 묻는데요?"

한참을 콧수염과 떠들어대던 서예가가 대뜸 화지아를 향해 물었다.

"네? 제 작품이요? 글쎄요. 작품에 따라 다른데……."

화지아는 당황한 기색으로 콧수염을 바라봤다.

"곤란하시면 말하지 않아도 돼요. 어차피 여기서 새롭게 시작하는 거니까. 제가 알아서 말할게요. 괜찮죠?"

서예가는 화지아에게 옅은 미소를 지어보였다. 그녀는 콧수염과 진지한 표정으로 다시 한동안 대화를 나눴다. 콧수염은 매우 진지한 얼굴로 나와 화지아를 번갈아 쳐다보며 서예가에게 뭐라고 떠들어댔다. 서예가는 그의 말이 끝날 때마다 고개를 끄덕이고는 이내 화지아를 향해 단조로운 말투로 재차 물었다.

"보름 안에 서른 점, 가능하죠?"

"서른 점요? 아니, 내가 무슨 가래떡 뽑는 기계도 아니고 그 안에 어떻게……."

화지아는 황당한 얼굴로 나를 바라봤다. 나는 고개를 숙인 채 가로저었다.

"이번 전시회에서 찬기씨 그림 모두 팔린다고 생각하세요."

"아니, 팔리고 안 팔리고의 문제가 아니라, 그 많은 작품을 어떻게 짧은 시간에 만들란 말이에요?"

화지아는 콧수염과 서예가를 번갈아 바라보며 난처한 듯 작은 목소리로 대꾸했다.

"그래서 어렵다는 말인가요?"

서예가는 화지아의 눈을 쳐다보며 되물었다.

"아니, 그런 뜻이 아니라, 내 말은 예술이란 게 그렇게 가래떡 뽑듯이 되는 게 아니란 말을……."

"찬기씨, 서안에서의 일 기억하죠?"

서예가는 갑자기 정색한 얼굴로 물었다. 그리고는 대답을 바란 게 아니라는 듯 곧바로 말을 덧붙였다.

"공산당 지방각급위원회의 왕거민 최고위원님 이층 서재에서 그림 그리다 말고 나가버린 일, 그 일 기억하시죠? 그때 일로 국장님과 제가 얼마나 애 먹었는지 아세요? 다음날 국장님께서 자기 그림을 대신 주는 걸로 간신히 마무리됐어요.”

서예가는 그때의 일이 떠오르는지 잠시 불쾌한 표정이 되었다.

“아니, 왜 그때 일을 꺼내고 그러세요. 누가 안 한다고 했나? 예술이 그렇다는 얘기를 한 거지…….”

화지아는 어깨를 잔뜩 움츠린 채 읊조리듯 말했다.

“네, 지난 일은 말 안하겠어요. 하지만 이것만은 말씀드리고 싶네요. 예술도 산업이잖아요. 제 작품 칠십 점과 찬기씨 작품 삼십 점을 합치면 꾀 근사한 전시회가 될 거에요. 예술적으로든, 경제적으로든 말이죠. 여기서 여는 전시회니만큼 좋은 결과 얻어내자고요. 대국의 스케일대로.”

서예가는 알듯 말듯 묘한 표정으로 화지아를 바라봤다. 그는 잠시 뭔가 골몰해하다 마지못해 알겠다는 듯 몇 번 고개를 끄덕거렸다. 서예가는 화지아에게 어려운 결정을 해주어 감사하다는 말을 전하고는 우리를 뒤로 한 채 한참동안 콧수염과 대화를 나눴다.

콧수염은 뭔가 결정을 내린 듯 서예가를 향해 크게 하오를 외치더니, 우리를 향해 ‘씨에씨에’를 연발하며 악수를 청했다. 나와 화지아는 영문도 모른 채 그의 악수를 받아들였다. 나는 이 콧수염이 광저우에서 열리는 전시회와 무슨 관련이 있는지 그녀에게 물으려다 이내 입을 다물었다.

*

우리는 키 큰 콧수염과 작별인사를 나누고 그곳을 빠져 나와 서예가를 따라 다시 택시에 올랐다. 앞좌석에 앉은 그녀는 능숙한 중국말로 뭐라고 말했다. 그것은 아마도 백화점으로 가자는 말이었을 것이다. 화지아는 미술학교를 나오기 전에 그녀에게 저녁식사를 하자고 보챘다. 그러나 서예가는 이곳 서예협회 회장과 전화 통화로 말했던 그 중요한 전시회 건 약속이 오늘 저녁에 있기 때문에 어렵다며 정중히 사양했다. 광저우에서의 전시회 논의라는 말에 그는 더 이상 조르지 못하고 대신 차라도 마시자고 했다. 어차피 그 일에 대해 결론을 지어야 하기에, 서예가는 잠시 뜸을 들이다 중국에서 가장 큰 백화점 10층에 멋진 차방이 있으니 그리로 가자고 했다. 우리를 태운 택시는 한참을 달린 끝에 중국에서 가장 거대하다는 중화백화점 앞에 멈춰 섰다.

"한청, 이것 좀 봐. 대단한데."

화지아는 뒤로 넘어갈 듯 고개를 꺾고는 화려한 위용을 자랑하는 백화점 건물을 올려다봤다. 중앙 상단에 설치된 용이 불을 뿜어내는 듯한 형상의 '中華'라는 커다란 붉은 글씨가 제일 먼저 눈에 들어왔다. 이 백화점의 규모는 그동안 내가 보아왔던 우리나라의 것에 비해 높이는 둘째 치고 가로로 뻗은 넓이의 크기만 해도 두 배는 훨씬 넘어보였다. 수 만장의 대리석 타일과 금색의 반사유리로 뒤덮인 화려한 현대식 건물은 나와 화지아를 주눅 들게 하기에 충분했다.

"광저우에 있는 이 백화점이 아시아에서 제일 크다고 하네요."

서예가는 마치 자신의 건물을 소개하는 사람처럼 흡족한 표정으로 우리에게 자랑했다. 나는 고개를 주억거리고는 앞장서서 로비를 향해 발걸음을 옮겼다. 뒤이어 서예가와 화지아가 나를 따라 백화점 안으로 들어섰다.

넓은 로비에는 다양한 매장들이 꽉 들어차 있었다. 내부의 가장자리에는 명품 매장이 있고 중앙에는 액세서리와 화장품 그 밖의 잡화를 파는 오픈 매장이 자리하고 있어 우리나라의 매장 형태와 크게 다를 바 없었다. 그러나 나와 화지아가 일부러 엘리베이터를 마다하고 에스컬레이터를 통해 각 층을 오르면서 주위를 둘러보는 동안 그만 웃음이 터지고 말았다.

"한청아, 얘네 봐라. 아주 웃긴다, 그냥."

화지아는 나와 서예가를 번갈아 쳐다보며 웃음을 멈추지 못해 어깨를 들썩거렸다. 나 역시 화지아와 그녀를 차례로 바라보며 멋적은 웃음을 흘렸다. 아닌 게 아니라, 2층, 3층, 4층, 5층, 각각의 층엔 똑같이 음식류부터 시작해서 남성과 여성 의류, 가전제품, 가방류, 액세서리, 스포츠 용품, 서적류 등을 파는 매장들이 모두 한데 뒤죽박죽 뒤엉켜 자리 잡고 있었다. 각 층마다 품목의 특징을 나눠 다양한 매장들이 질서 있게 들어차 있는 우리나라의 백화점에 비하면 이곳의 백화점은 그야말로 도떼기시장 같았다. 이런 게 자본주의를 지향하는 사회주의 국가 중국의 현재 모습이란 말인가. 나는 문화대국이란 자부심의 화장을 짙게 뒤집어쓰고 있는 중국의 맨 얼굴을 보게 된 것 같아 오히려 민망할 정도였다. 그래서일까. 화지아는 에스컬레이터를 타고 계속해서 층을 오르는 동안 더 이상 아무 말도 하지 않은 채 수첩을 꺼내 스케치만 할 뿐이었다. 서예가는 자신을 변호하듯 이 백화점의 특징에 대해 뭔가 열심히 설명하려고 들었지만, 그녀의 말은 좀체 구체적인 형체를 갖추지 못한 채 공중으로 흩어지고 말았다.

얼마 지나지 않아 10층에 오른 우리는 그녀의 안내에 따라 차방으로 들어갔다.

실내는 정갈한 편은 아니지만 다행히 아담은 했다. 그것은 아마 내부에 켜져 있는 호롱등불 때문인 듯했다. 중국에 온 뒤로 이런 표현을 쓸 수 있다는 것이 어색할 정도로 이곳은 작은 규모의 찻집이었다. 우리는 안쪽 구석진 곳에 놓여 있는 화류나무로 깎아 만든 붉은 탁자로 가 자리를 잡고 앉아 차를 주문했다.

"아까도 말했지만 보름 안에 다 준비 돼야 해요. 가능하겠죠, 찬기씨?"

서예가는 미심쩍은 눈초리로 화지아를 쳐다보며 물었다. 화지아는 아무 대꾸도 하지 않은 채 머리를 긁적였다. 얼마 뒤 치파오를 입은 중년의 여자가 차를 내왔다. 서예가는 찻물을 걸러 나와 화지아게 건네고는 자신의 잔을 채워 천천히 음미하듯 한 모금씩 들이켰다.

"차 맛이 좋네요."

나는 누구에게랄 것 없이 의례적인 말을 내뱉었다.

"에, 저는 그때도 말씀드렸다시피 여긴 그림을 그리러 왔습니다. 이미 여러 점 그려놓은 것도 있고요."

화지아는 찻잔을 내려놓고는 정색한 표정으로 그녀를 바라봤다.

"그러니, 제가 할 수 있는 건 그림을 그리는 일 외에 뭐가 있겠습니까? 이 번 전시회를 하게 된다면 돈 때문이 아니란 걸 먼저 아셔야 할 것 같습니다."

화지아는 그답지 않게 저음의 목소리로 점잖게 지껄였다.

"네, 찬기씨 예술혼을 누가 말리겠어요?"

서예가는 한쪽으로 찻잔을 치우고는 갑자기 악수를 청했다. 화지아는 엉겹결에 두 손을 들어 그녀의 손을 맞잡았다.

"그런데 혈혈단신 이 먼 곳까지 왕래해주신 우리 서예가님은 언제까지 계실건가요?"

화지아는 그녀의 손을 잡은 채 몸을 바짝 기울이며 물었다. 그녀는 옅은 미소를 띠며 그를 잠깐 바라보다 입을 뗐다.

"언제까지가 좋을까요? 찬기씨 작품 나오는 거 봐서요."

서예가는 카운터 쪽으로 고개를 돌린 채 그에게서 손을 거뒀다.

"아니, 그럼 내가 작품을 천천히 해야겠네. 그래야 우리 미모의 서예가님을 아주 오래도록 곁에다 두고 볼 수 있지. 안 그러니, 한청? 하하."

화지아는 금세 환한 표정이 되어 내 쪽을 향해 큰 소리로 웃어댔다. 나는 아무 대꾸 없이 찻물을 잔에 채워 홀짝홀짝 들이켰다.

"우선 열 점이 완성되면 저한테 보여 주세요. 제가 먼저 볼 필요가 있으니까. 이쪽으로 연락주시면 돼요."

서예가는 백에서 작은 메모지를 꺼내 연락처를 적은 뒤 화지아에게 건넸다.

"그땐 단 둘이 보는 게 좋겠네요."

서예가는 내 쪽을 힐끔 쳐다보고는 자리에서 일어났다. 그리고는 그를 향해 '단 둘이'라는 말을 다시 한 번 강조했다. 화지아는 군침을 한 번 꼴깍 삼키고는 메모지를 반으로 접어 안주머니에 쑤셔 넣었다. 그는 잠깐 동안 뭔가를 고민하는 듯하더니, 이내 진지한 표정으로 그녀를 올려다보며 대꾸했다.

"하오. 뻬이창 하오."

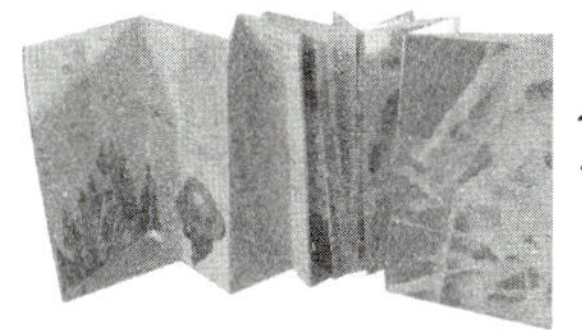

11

"오늘도 해가 떠 있네?"

화지아는 눈살을 잔뜩 찌푸리며 창밖의 거리를 내려다봤다. 꼬불꼬불한 파마머리가 불도저에 밀린 듯 한쪽으로 눌려 있는 그의 납작한 뒤통수를 보자 실소가 새나왔다.

"한낮인데 태양이 없을까봐서?"

소파에 다리를 꼬고 앉아 차를 마시고 있던 외삼촌이 대꾸했다.

"오늘이 며칠이지?"

화지아는 달력이라도 찾으려는지 사방의 벽을 훑으며 물었다. 바닥에 앉아 해바라기씨를 까고 있던 나는 문득 날짜를 헤아려봤다. 오늘이 며칠일까? 내가 여기에 온 지 얼마나 시간이 흐른 걸까? 선뜻 대답할 수 없었다. 정말이지, 이곳은 시간이 멈춘 듯해 날짜도 요일도 어떻게 흘러가는지 알 수 없었다. 더욱이 사우나 시설조차 없는 이곳에서 씻지도 못하고 추위에 떨다보니, 뻣뻣해진 몸은 지칠 대로 지쳐 있어 시간을 따질만한 마음의 여유가 없었다. 그저 하루하루를 물 흘리듯 흘려보낼 뿐이었다. 그러나 이상한 점은 이러한 상황에도 불구하고 마음만큼은 외롭지 않다는 것이었다. 외롭다는 표현이 옳다고 말할 순 없겠지만, 아무튼 가슴 한 구석에선 새로운 날을 맞이할 때마다 은근한 기대감이 일고 있었다. 무엇 때문일까. 혹시 나도 모르는 사이에 이 말도 안 되는 엉터리 논리의 중국이 좋아지기라도 한 걸까.

"형, 오늘이 일요일인 건 분명하지?"

화지아는 머리를 긁적이며 외삼촌을 향해 물었다. 외삼촌은 테이블에 놓여 있는 휴대폰 액정을 들여다보고는 고개를 끄덕였다.

"악, 큰일 났네. 오늘이잖아."

"뭔데?"

갑자기 호들갑을 떠는 화지아를 향해 내가 물었다.

“그녀 말이야, 코티샹. 오늘 초대하기로 했다구.”

“집엘?”

“저 늙수그레한 놈, 능청떠는 것 좀 봐. 그럼 어디로 초대하냐?”

화지아는 부엌으로 가 냉장고를 열고 이것저것 내용물을 살피기 시작했다.

“있긴 있는 모양이지, 한청?”

외삼촌은 내게 낮은 목소리로 말했다.

“그럼 형, 내가 뭐 하러 비싼 돈 버리고 여길 왔겠어? 다 코티샹 때문이지. 하하.”

화지아는 한국에서 가져온 오뚜기 카레가루를 꺼내놓으며 거실을 향해 소리쳤다. 그는 연신 호탕한 웃음을 쏟아냈다. 외삼촌은 지포라이터의 뚜껑을 튕겨 담배에 불을 붙인 뒤 양 볼이 홀쭉해질 때까지 연기를 빨아들였다 내뿜었다.

“한청아, 너 아버지 걱정하시겠다. 아이구, 우리 귀염둥이 코흘리개 어떻게 된 거냐?”

화지아는 옥수수 깡통을 꺼내 차례로 쌓아올리다 말고 불쑥 집 얘기를 꺼냈다.

“아주 들떴군.”

나는 주방을 향해 소리쳤다.

"그러지 말고 전화 드려봐. 너 떠나와서 한 번도 연락 안 했잖니? 걱정 많이 하실 거 아냐? 더군다나 이렇게 오랫동안 나와 있었던 적도 없잖아? 진짜 매형이 너 데리고 여기까지 온 걸 알면 날 죽일지도 몰라. 세상에 해외로 가출하는 놈이 어딨냐고 너랑 내 멱살 한꺼번에 움켜잡는 거 아냐?"

화지아는 나보다 더 걱정스런 눈빛으로 외삼촌의 눈치를 살폈다. 그러나 다행인지 불행인지 외삼촌은 우리의 대화에 전혀 신경 쓰지 않는 듯 차만 홀짝였다.

"그만해. 내 나이가 몇인데. 나도 내 주관대로 움직이는 성인이야. 생각하는 성인이라고."

나는 해바라기씨를 한쪽으로 치우며 자리에서 일어났다.

"저 자식 성깔하곤. 노인네들은 원래 다 그래. 늙으면 간섭이 심해지는 법이야."

"난 지금 여행 중이라구."

나는 창가로 가 리모컨을 조작해 텔레비전을 켜고 볼륨을 높였다.

"나가봐야겠다."

외삼촌은 테이블 위의 열쇠를 챙기며 자리에서 일어났다. 그는 사업 확장을 위해 공산당원을 만나러 간다고 했다. 나는 특별히 있어봐야 그들의 연애에 방해꾼밖에 되지 않으니 따라나

서겠다고 했다. 그러나 외삼촌은 내가 있을 자리가 아니라며 대신 가까운 곳에 서점이 있으니 한 번 들러보라고 약도를 그려줬다. 화지아는 가긴 어딜 가냐며 붙잡았지만 내심 내가 비켜주길 바라는 눈치였다. 그는 중국의 대형서점은 구경할 가치가 있다고 한 번도 가본 적 없는 근처 서점에 대해 구체적인 설명까지 늘어놓았다. 나는 점퍼를 입고 모자를 눌러쓴 뒤 오랜만에 정장을 꺼내 입고 어색해하는 외삼촌과 함께 현관을 나섰다. 화지아는 엘리베이터가 있는 복도까지 배웅을 나와 힘찬 목소리로 외쳤다.

"다들 일곱 시까진 들어와야 해."

거리의 햇살은 따뜻했지만 이따금씩 얼굴을 스치는 바람은 차가웠다. 난방시설이 없는 탓에 몇 겹의 옷을 껴입고 잤는데도 몸이 풀리지 않았는지 걸을 때마다 사지가 빳빳이 저려왔다. 두꺼운 점퍼를 입었는데도 온몸이 으슬으슬 떨릴 정도였다. 나는 아파트 단지 내에 있는 코닥 사진점에 들러 필름을 맡겼다. 가게로 들어가 사진을 맡기고 나오는 데까지 걸린 시간은 얼마 되지 않았다. 그 짧은 시간 동안 내가 건넨 말은 '니 하오'와 '짜이찌엔'이라는 만나고 헤어질 때 나누는 인사를 뜻하는 단어뿐이었다. 물건을 사는 일과 필름을 맡기는 일까지 제법 능숙하게 치러내고 나니 나름대로 용기가 났다. 나는 이따 저녁 때 필름을 찾기로 하고 약도에 적혀 있는 대형서점을 찾아가 보기로 했다.

외국인들이 많이 살고 있는 동풍광장의 아파트단지를 벗어나 고가도로가 있는 넓은 사거리를 가로지르는 동안 거리에서는 50m 간격으로 기다란 몽둥이를 들고 서 있는 공안원을 볼 수 있었다. 붉은 별이 달린 덮개 모자를 눌러쓴 그들을 보며, 연말이라 도난 강도 사고가 많이 발생하니 조심하라는 외삼촌의 말이 불현듯 떠올랐다. 무일푼의 사람들이 고향에 가기 위해 백주 대낮에 거리에서 무고한 사람을 칼로 찌르고 물건을 빼앗는다. 강도를 당한 사람이 피를 흘리고 쓰러져 죽어 가는데도 행인들은 공안원이 올 때까지 멀뚱히 서서 구경만 한다는 말을 들었을 땐 섬뜩하기까지 했다.

나는 천하성의 사거리를 지나 그리 멀지 않은 곳에서 대형서점을 발견했다. 그곳은 지하 1층과 지상 3층이 모두 책으로 가득한 그야말로 대형서점이었다. 나는 백화점과 달리 이 수많은 책들이 내용과 유형별로 체계적으로 분류되어 있는 것을 보고 적잖이 놀랐다. 나는 지하부터 내려간 뒤 차근차근 3층까지 신속하면서도 꼼꼼히 분류된 서적들을 요목조목 둘러봤다. 다양한 관련 서적들이 일목요연하게 정리되어 있었는데, 그 중에서도 유독 내 눈길을 끈 것은 꽃과 관련한 중국 당대의 최고 화가

들의 작품을 한데 묶은 화첩이었다. 만만치 않은 가격이었지만 다행히 엽서용으로 축소된 소화첩이 있었다. 나는 그것을 계산하고 나오려다 문득 화지아가 생각이 나 한 권을 더 구입해 비닐에 담고는 서점을 나왔다.

겨울이라 그런지 사방은 금세 어둠이 깔려오고 있었다. 나는 택시를 탈까 하다 서둘러 걷는 쪽을 택했다. 거리 위의 야자수들이 희미한 어둠 속에 잔잔히 흔들리고 있었다. 나는 종종 걸음을 치다 문득 지나온 날들을 헤아려보았다. 도대체 아버지는 왜 엄마를 만나서는 안 된다고 했을까. 엄마가 돌아가시던 날도 찾아가지 못하게 했던 아버지는 무엇 때문에 그토록 엄마를 미워했는지 알 수 없다. 그런데 그렇게 엄마를 미워했으면서도 엄마가 남기고 간 물건들은 왜 그리 애지중지 다루는 걸까. 안방의 한 귀퉁이에 놓인 미싱테이블을 하루에도 몇 번씩 불쑥불쑥 닦아대는 아버지를 보고 있을 때면 내 아버지의 존재가 무의미하게 느껴질 때가 있었다. 나는 20년이란 세월을 도대체 무슨 생각으로 살아온 걸까. 앞으로의 세월은 또 어떻게 살아야하는 걸까. 누군가는 인생이 너무 흥미로워 하루하루가 신비롭다는데, 또 누군가는 인생이 너무 고통스러워 하루하루가 절망스럽다는데, 솔직히 나는 내 삶에 대해 어떤 흥미도 절망도 느낄 수가 없었다. 꼭 인생에 대해 의미를 부여하고 가치를 쫓고 그것

도 아니면 다른 이들에게 인정받기 위해 열심히 뛰어야만 하는
걸까. 그냥 주어진 삶 속에서 물 흘러가듯이 살아갈 순 없는 걸
까. 욕심 없이 자연스럽게 산다는 것이 세상을 살아가는 순리는
아닐까. 불현듯 화지아의 말이 떠올랐다.

명철아, 세상에 진실이 어딨니? 진실은 영원하지만 순간일 뿐
이야. 그래서 세상이 재밌는 거고. 하하. 저기 봐. 저 아름다운
여자들의 각선미를. 치마 속에 숨어있는 저 하얀 허벅질 생각해
봐. 그게 바로 진실이야, 이 멍청한 놈아.

이제 곧 마흔을 바라보는 화지아의 우스갯소리가 자꾸 머릿
속을 맴돌았다. 그에게 삶은 어떤 의미일까? 그의 말대로라면
그림을 그리는 일이 일생의 전부여야 하는데, 내가 보기엔 그가
떠들어대는 말들은 모두 허풍처럼 들렸다. 아시아의 문화 형성
에 막대한 영향을 끼쳤다는 찬란한 문화대국의 모습은 온 데 간
데 없고 철저한 자본의 논리에 따라 움직이는 이곳 중국처럼.

나는 쓸 데 없는 생각들을 털어내기 위해 주위를 둘러보고는
걸음에 속도를 붙였다. 어스름한 기운이 점점 깊어질 무렵 동풍
광장에 도착했다. 나는 잊지 않고 사진점에 들러 맡겨놓은 필름
을 찾았다. 엘리베이터를 타고 12층을 오르는 동안 현상한 사
진들을 꺼내봤다. 북경과 서안에서의 모습들이 고스란히 담겨
있었다. 몇 장을 건너뛰자 주강에서 찍은 화지아의 커다란 얼굴

이 나타났다. 인상을 찡그리고 있는 그의 얼굴엔 어딘가 수심이 드리워져 있는 듯했다. 나는 유심히 들여다보다 다른 사진으로 넘겼다. 깜깜한 술집의 스탠드 의자에 앉아 있는 소녀의 모습이 나타났다. 순간 외삼촌과 함께 갔던 주빠(나이트클럽)가 떠올랐다. 나는 사진을 움켜 주머니에 쑤셔 박았다. 그리고는 다음 사진을 봤다. 이번에는 화지아와 함께 팔짱을 끼고 있는 여자의 상반신이 나타났다. 눈썹 밑까지 앞머리를 가지런히 빗어 내린 사진 속의 여자는 수줍게 웃고 있었다. 나는 가만히 사진을 들여다보다 엘리베이터에서 내려 1207호의 초인종을 눌렀다.

"혼자 왔어?"

철문을 열어준 사람은 추리닝 차림의 외삼촌이었다. 그는 혼자 앉아 맥주를 홀짝이고 있던 모양이었다. 소란스런 TV소리가 흘러나오고 있는 거실의 낮은 테이블엔 찌그러진 깡통들이 아무렇게나 놓여 있었다. 나는 한쪽 구석의 식탁 위에 덮여 있는 희고 깨끗한 한지를 바라봤다. 다가가 들춰보니 카레를 비롯한 몇 가지 음식들이 한국에서 가져온 그릇에 맛깔스럽게 담겨 있었다.

"녀석이 말도 않고 가버렸어."

"가다니요?"

나는 외삼촌을 보며 되물었다.

“쪽팔렸나보지.”

그는 혼잣말처럼 내뱉었다. 나는 영문을 몰라 그가 맥주를 홀짝이는 모습을 물끄러미 바라봤다.

“곧 오겠지. 자자.”

외삼촌은 테이블을 한쪽으로 밀어냈다. 잠을 자기에는 이른 시간이었지만 몹시 피곤해 보이는 그를 보며 하루쯤은 그러는 것이 내일을 위해 그리고 나를 위해서도 좋겠다는 생각이 들었다. 외삼촌은 거실로 침대 시트를 옮겨왔다. 소파와 테이블로 울타리를 만든 뒤 이불을 말고 나란히 눕기로 했다. 그것이 그가 생각해낸 추위를 피할 수 있는 최선의 대안이었다. 나는 불을 끄고 점퍼를 입은 채로 자리에 누웠다. 눈을 감고 오랜 시간을 보냈지만 이상하게도 잠이 오지 않았다. 아직 들어오지 않은 화지아 때문일까. 자꾸 신경이 쓰여 참을 수가 없었다. 이리저리 몸을 뒤척이는 내게 외삼촌은 불쑥 걱정할 필요 없다고 했다. 아마 그녀와 데이트를 하느라 늦을 거라며 늦게라도 들어오면 문을 열어주라고 당부했다. 그리고 당원과 만난 일은 무리한 뒷돈을 바라는 탓에 수포로 돌아갔다는 말을 지나가듯 덧붙였다. 나는 아무 대꾸 없이 팔베개를 하고 돌아누웠다. 도로를 질주하는 차들의 클랙슨 소리가 아득히 들려왔다. 이따금 손목에 찬 시계를 확인하며 초인종이 울리길 기다리다 서서히 밀려오

는 잠에 정신을 잃고 말았다. 외삼촌의 기침소리에 간헐적으로
의식이 돌아오긴 했지만 이미 육체는 누그러진 초콜릿처럼 노
곤해져 깊은 잠의 수렁 속으로 빠져들고 있었다.

12

눈을 떴다. 거실 창문을 통해 차가운 햇살이 쏟아지고 있었다. 나는 말린 이불을 걷어내고 다시 눈을 감았다. 정말이지, 이제는 시간이란 것이 과연 존재하는지 의심이 들 지경이었다. 소용돌이치는 물살을 거스르기 위해 아등바등 몸부림치듯 이른 아침 간신히 등교하여 책상 앞에 앉아 있다 해질녘 돌아와 과외 선생을 맞이하던 한국에서의 하루와 달리 이곳의 생활은 진공 속을 헤매는 일종의 실험적인 모험이었다. 이국의 땅에 잠시 머물다 떠날 수밖에 없는 여행자의 처지이기 때문일까. 나는 사람 많고 먹을 거 많고 볼거리 많다는 이 광활한 대륙에 몸을 묻고도 좀체 아무 것도 느낄 수 없었다. 그런데 웬일일까. 이곳에 머무는 동안 설명하기 어렵지만 뭔가 나쁘지만은 않은 이상한 느낌마저 드는 것도 같았다.

"한청, 마셔봐."

외삼촌이 소파 너머로 차를 건넸다. 그제야 나는 눈을 뜨고 자리에서 일어났다. 온몸이 주먹으로 얻어맞은 것처럼 결리고 아팠다.

"오늘이 말일 맞죠?"

나는 소파를 제자리에 옮겨 놓고는 김이 모락모락 올라오는 차를 건네받았다.

"그래, 31일. 그리고 보니 우리 송년회도 못 가졌네."

외삼촌은 식탁 위에 앉아 차를 한 모금 들이켰다.

"벌써 그렇게 됐네요."

"그러게. 나도 처음 맞는 겨울이야. 오후엔 스토브라도 하나 구입해야겠어. 두꺼운 솜이불도 사고 말이지. 아무리 남쪽이라지만 참 춥다."

외삼촌은 해바라기씨를 주워 먹으며 말했다. 나는 향을 음미할 새도 없이 뜨거운 찻물을 훌훌 들이켰다. 식도를 타고 몸속으로 퍼지는 뜨끈한 액체가 나쁘지 않았다.

"오늘은 제 신경 안 쓰셔도 돼요."

나는 연신 차를 들이마시며 외삼촌에게 말했다.

"무슨 뜻이야?"

그는 손을 털며 대꾸했다.

"그냥 혼자 돌아보려고요."

"위험해."

"보름이나 지냈는걸요."

"연말이잖아. 안심이 안 되는데."

"멀리 가진 않을 게요."

나는 외삼촌을 지그시 바라봤다.

"그래, 그런 일도 필요하지. 준비해라. 같이 나가자."

외삼촌은 잠시 뜸을 들이다 허락했다. 나는 그에게 무슨 말을 하려다 그만 뒀다. 그는 분명 막내 외삼촌인 강찬기와 친형제임에도 불구하고 그의 존재 따위는 애초부터 신경 쓰지 않는 사람 같았다. 우리는 간단히 세면을 해결하고 외출 준비를 해 밖으로 나왔다. 동풍광장의 입구를 빠져 나와 외삼촌은 택시를 잡기 위해 차도로 내려섰다.

얼마 뒤 신호등이 없는 사거리를 쏜살같이 달려온 택시 한 대가 그의 앞에 멈췄다. 외삼촌은 담배를 꺼내 물며 차에 올랐다.

"찬기 삼촌은 어떡하죠?"

그 순간 나는 문을 닫으려는 그를 향해 다급하게 소리쳤다.

내 외침을 들었는지 외삼촌은 택시의 창을 내리고 고개를 내밀었다. 그리고는 담담한 어조로 대답했다.

"저녁 땐 오겠지."

나는 더 이상 아무 말도 할 수 없었다. 화지아의 행방에 대해 조치를 취하지 않는 게 뭔가 마음 한 구석에 죄를 짓는 것 같았지만 내가 할 수 있는 일은 아무 것도 없었다. 단지 차방을 운영한다는 그녀를 만나보는 게 어떻겠냐고 건의하는 게 유일한 조치였지만 그마저도 기분이 나지 않았다. 혹시 서예가를 만나러 간 것은 아닐까. 하지만 아직 준비된 그림이 없을 텐데. 서예가를 만나 실없이 괜한 짓을 벌이고 있는 것은 아닐까 걱정이 되었지만, 차라리 그녀와 함께 있는 것이라면 다행한 일이라는 생각마저 들었다.

택시는 출발하지 않고 있었다. 얼마 뒤 앞좌석의 문이 열리더니 외삼촌이 내렸다. 그는 담배를 입에 물고 다가와 휴대폰을 건넸다. 그리고는 말없이 성큼성큼 돌아가 차에 올랐다. 연두색 페인팅의 중국산 택시는 곧장 시커먼 연기를 내뿜으며 급출발했다. 나는 그의 뒤통수가 시야에서 사라질 때까지 제자리에서 있다 다시 동풍광장으로 돌아왔다. 아파트 로비에서 엘리베이터를 기다리다 밖으로 나와 단지 내에 있는 야자수 화단으로 갔다. 그곳에는 넓은 잔디와 타조 알 만한 크기의 오석들이 야자나무 주위를 감싸고 있었다. 나는 나무 둥치에 웅크리고 앉아 차들이 들고 나는 광경을 물끄러미 바라보기만 했다.

＊

늦은 저녁때가 되어서야 나는 외삼촌이 있는 가게로 갔다. 천하성 사거리를 지나오는 길에 일부러 코티샹이 운영하는 차방 앞을 서성였다. 유리창 너머로 파이프담배를 물고 있는 백발의 노인이 그녀와 차를 마시며 잡담을 나누고 있는 모습이 보였다. 나는 잠깐 망설였지만 이내 재빨리 그 앞을 지나쳤다. 도대체 화지아는 어디로 간 걸까. 혹시 서예가가 다시 만날 때까지 준비해두라고 했던 그림 열 점을 그릴 자신이 없어 도로 한국으로 도망친 것은 아닐까. 그는 정말 예측 불가능한 인간이었다.

"안녕하세요."

내가 가게 앞에 도착하자 안에서 유리문을 잡아당기며 양양이 큰소리로 인사했다.

"양양. 푸시, 푸시."

나는 안으로 들어서자마자 인상을 찡그리며 밀어서 여는 문이라고 설명했다. 그러자 그녀는 혀를 날름 내밀며 양 어깨를 추켜올렸다.

“찬기는?”

바에서 유리잔을 닦고 있던 외삼촌이 내가 묻고 싶은 말을 대신 했다.

“아직도 안 들어왔어요? 차방에도 없던데…….”

“그래? 자식, 진짜 간 모양이군.”

“어딜요?”

나는 슬슬 불안해지기 시작했다.

“계림.”

외삼촌은 짧게 대답했다.

“계림요?”

술에 취한 화지아가 종종 계림 얘기를 했던 기억이 떠올랐다. 계림은 중국뿐만 아니라 세계 모든 나라의 자연 중에서 가장 아름다운 동양의 신성물이 있는 곳이라고 자신은 그곳에 묻혀 평생 그림만 그리다 죽겠노라고 그는 침을 튀겨가며 떠들었었다. 외삼촌이 불현듯 그 말을 꺼낸 것이 다소나마 내게 위안이 되었다. 그럴지도 몰랐다. 화지아라면 아마 지금쯤 신선이 살고 있다는 계림에 들어가 마주치는 중국인들에게 한껏 웃음을 머금은 채 자신의 그림이 담긴 스프링노트를 마음껏 뜯어주고 있을지도 모를 일이었다.

“두 테이블 왔다 갔다.”

외삼촌은 수건을 집어던지고 구석진 테이블로 가 털썩 주저 앉았다.

"하루 수입이 고작 250위안이야."

그는 뒷맛이 개운치 않다는 표정으로 씁쓸히 웃었다.

"그래도 연말인데 기분은 내야겠지? 여기 맥주."

외삼촌은 중국인 주방장을 불러내 나와 셋이서 송년잔치를 벌이기로 했다. 거품맥주와 함께 광저우에서는 구하기 힘들다는 한치가 안주로 날라져 왔다. 나는 그가 따라주는 술을 넙죽넙죽 받아마셨다. 외삼촌은 평소답지 않게 주방장의 말에 큰소리로 웃어주며 맥주를 주고받았다. 안주로 돈가스가 날라져오고 맥주는 싱거우니 소주가 좋겠다는 그의 말에 비싼 국산 소주 참이슬이 등장했다. 그는 주방장과 중국어로 대화를 나누며 무서운 기세로 술을 들이켰다. 나 역시 마시지도 못하는 소주를 그와 주방장이 따라주는 족족 입 안으로 털어 넣었다.

"한청, 어때?"

외삼촌이 혀가 꼬인 발음으로 대뜸 물었다.

"뭐가요?"

"여기 온 소감."

"글쎄요. 잘 모르겠어요."

나는 솔직한 심정을 털어 놓았다.

"이 넓은 땅덩이가 어떻게 움직이는지 궁금하지 않아?"

그는 주방장과 술잔을 부딪치며 물었다.

"물론이죠."

"됐어. 좋은 자세야."

그는 담배를 꺼내 주방장에게 건네고는 불을 붙여주며 덧붙였다.

"한청. 조금이라도 중국이 알고 싶다면 중국을 품어봐야지."

외삼촌은 바에서 잔을 닦고 있는 직원에게 주방보조 아후이를 데려오라고 소리쳤다. 얼마 뒤 주방으로 들어간 직원은 스포츠머리에 얼굴이 까만 소년과 함께 나타났다.

"이것만 마시고 가."

외삼촌은 내게 술을 따라준 뒤 아후이를 향해 뭐라고 지시하듯 말을 꺼냈다. 나는 소주를 반쯤 비운 뒤 가방을 챙겨 그와 함께 밖으로 나갔다. 검은 하늘에서는 툭툭 빗방울이 떨어지고 있었다. 나는 그를 데리고 화지아가 갈 만한 곳을 찾아보려했지만 당최 말이 통하지 않아 뜻을 전달할 수 없었다. 무슨 신이 났는지 그는 자기를 가리키며 알 수 없는 얘기를 떠벌렸다. 가끔 두 손을 깍지 끼고 바람 빠지는 소리를 내며 실실 웃음을 흘렸다. 나는 아랑곳없이 계속해서 "화지아, 찬기 따거(형)"를 외쳤다. 그러나 그를 따라 택시에 오르고 난 뒤에야 소용없다는 걸 깨달

왔다.

"아후이, 추워?"

차에서 내려 재래시장의 좁은 길을 걷고 있는 동안 그는 벌벌 떨고 있었다.

"점퍼 왜 안 입고 왔어?"

나는 그의 구멍 난 티셔츠를 가리키며 연신 점퍼를 외쳤다. 그는 손가락으로 먼 쪽을 가리키며 뭐라고 떠들었다. 전혀 알아들을 수 없었다. 그저 떨고 있는 그의 지저분한 꼴이 절로 인상을 찌푸려지게 했다. 우리는 계속해서 시장 안 깊숙한 곳까지 걸어 들어갔다. 음습한 골목에 흩뿌려지는 비를 가르며 나는 화지아가 가고 싶어 했던 재래시장 안의 사창가를 떠올렸다. 내가 그를 대신해서 여기 오게 될 줄이야. 골목 깊숙이 들어갈수록 점포는 사라지고 점점 길목이 좁아지기 시작했다. 직각으로 꺾이는 담을 따라 양편으로 붉은 철문의 낮은 집들이 빽빽이 들어차 있었다.

한참을 돌아다녔는데 강아지 한 마리도 보이지 않았다. 아후이는 하늘을 가리키며 뭐라고 얘기했다. 아마도 비가 오고 추운 탓에 다들 일을 접었다고 말하는 것 같았다. 나는 고개를 끄덕이며 그만 가야겠다는 생각에 그의 팔을 붙잡았다.

"아후이. 동풍광장, 이치 조."

그는 고개를 끄덕였다. 나는 신음까지 낼 정도로 추위에 떨며 걷고 있는 그를 따라 돌아 나오다 문득 걸음을 멈췄다.

골목 저 쪽에서 이쪽을 유심히 쳐다보고 있는 한 소녀를 발견한 것이다. 그는 소녀를 발견하자마자 나를 남겨 두고 그 쪽으로 달려갔다. 그리고는 얼마 뒤 내 쪽으로 돌아와 손가락 네 개를 펼쳐 보이며 수군거렸다.

"쓰쓰위엔. 커이? 부커이?"

나는 저 만치 떨어져 팔짱을 끼고 있는 하얀 얼굴의 표정 없는 소녀를 바라보다 무슨 결심이라도 한 듯 입을 뗐다.

"오케이."

아후이와 나는 소녀를 따라 15미터쯤 걸어 아까 봤던 붉은 철문으로 된 1층 건물 앞에 당도했다. 소녀는 웃옷의 안쪽 주머니를 뒤져 열쇠를 꺼냈다. 빠끄름이 철문이 열리자 나무로 된 문이 하나 더 나타났다. 그 문을 밀고 안으로 들어서자 왼쪽에는 욕실, 오른쪽에는 방 하나가 정면으로 보였다. 창문이 없는 거실에는 침대가 놓여 있고 그 옆으로 작은 텔레비전이 있었다. 나는 잠시 어찌할 바를 몰라 아후이를 바라봤다. 그는 소녀가 들어간 방으로 내 등을 떠밀었다. 나는 머뭇거리다 반쯤 열린 문을 통해 그녀의 방으로 들어갔다.

방 안엔 침대가 하나 더 놓여 있고 그 앞에 작은 책상이 벽 쪽으로 붙어 있었다. 책상 위에는 타오르는 향과 사과 세 알이 탑처럼 가지런히 쌓여 있고 뒤쪽으로 양팔을 벌린 돼지 인형이 병풍처럼 서 있었다. 나는 책상 앞으로 가 웃고 있는 돼지 인형을 가만히 바라봤다. 소녀는 나를 보며 한 손으로 침대에 너부러진 이불을 두드렸다. 나는 바지에서 1달러를 꺼내 손에 쥐고 옷을 홀딱 벗어 던지고는 침대로 가 풀썩 드러누웠다. 몸을 바로 눕히고 베개를 머리맡에 괴자 책상 밑에서 몸을 옹크려 서로의 품을 파고드는 새끼 고양이들이 눈에 들어왔다. 곁에 앉은 창백한 얼굴의 소녀는 아랫도리를 벗고 앉아 검은 비닐봉지에서 휴지와 콘돔을 꺼내고 있었다. 나는 불쑥 1달러를 내밀었다.

"이 콰이?"

소녀는 지폐를 쫙 펼쳐 보이며 싱거운 표정으로 나를 쳐다봤다.

"노, 쓰 콰이."

내가 아니라고 고개를 젓자 소녀는 검지를 세우고 뭐라고 떠들었다.

"1달러, 쓰 위엔."

내가 열 손가락을 쫙 펴 보이며 1달러는 중국돈 10위안과 같다고 하자 소녀는 고개를 흔들며 지폐에 쓰여 있는 숫자를 손가락으로 가리켰다.

"찌거, 달러, 중구어 치엔 쓰 위엔."

나는 계속해서 1달러가 중국 돈으로 10위안에 해당한다고 말했지만 그녀는 이해하지 못했다. 단지 지폐를 내 쪽으로 밀어 보이며 "이 콰이"를 외쳤다. 어떻게 설명해야할 지 막연했다. 소녀는 1달러를 중국 돈 1위안으로 착각하고 있는 듯했다. 소녀는 지폐를 가리키며 계속해서 떠들어댔고 나는 끝내 고개를 끄덕이고 말았다. 소녀를 이해시키는 일은 불가능해 보였다. 대신 나는 대뜸 소녀를 잡아 쓰러뜨린 뒤 배 위로 올라앉아 얼굴을 내려다봤다. 가부키 화장을 한 일본의 게이샤를 연상케 했지만 처진 눈꼬리와 벌어진 입술은 고결과는 거리가 멀었다. 소녀는 뭐라고 소리치며 몸을 일으키려 했다. 잔뜩 겁을 먹은 표정으로 애원하듯 스위치를 가리켰다. 나는 팔을 내뻗어 불을 껐다. 사위는 금세 어둠에 잠겼다. 나는 시간을 잃은 진공의 어둠 속에서 소녀의 유방을 찾아 더듬기 시작했다. 딱딱할 정도로 탱탱해진 유방을 빨아대다 문득 어둠 속에 갇힌 내 자신을 떠올렸다. 소녀의 목 쉰 신음소리와 함께 고양이의 울음소리가 들려왔다. 갑자기 호흡이 가빠지며 가슴속 깊숙한 어느 한 구석에서 형용할 수 없는 울분이 울컥하고 치밀어 올랐다. 그러나 그것도 잠시일 뿐, 의식은 이내 아무 것도 느낄 수 없이 멍한 진공 속으로 빠져들었다. 나는 소녀에게서 몸을 떼어냈다. 얼마간 그렇게 누워 있다 자리에서 일어났다. 스위치를 더듬어 불을 켠 뒤 주섬주섬 옷을 챙겨 입고 방을 나왔다.

"커이?"

그는 양 주먹을 부딪치며 내 얼굴을 살폈다. 나는 몽롱한 정신을 바로잡으며 애써 웃어 보였다. 그는 만족한 표정으로 철문을 열고 앞장섰다. 밖으로 나오자 쌀쌀한 공기가 찬물을 끼얹듯 얼굴에 시리게 와 닿았다. 마치 내 몸에 열려 있는 모든 구멍 속을 차디찬 칼날이 후벼드는 느낌이었다. 나는 걸음을 멈추고 그에게서 가방을 받아 목에 걸었다. 불현듯 피우지도 못하는 담배 생각이 간절해졌다.

"아후이. 담배 있어?"

나는 손가락으로 V자를 만들어 입에 갖다 댔다. 그는 고개를 흔들었다. 나는 대신 가슴을 부풀려 폐부 깊숙이 밤공기를 들이켰다. 후우-. 뭔가 깨끗이 지우고 싶은 기억의 연기를 뱉어내듯 한숨을 토해냈다. 그리고는 가방을 뒤적거려 꼬깃꼬깃 접힌 그림 한 장을 꺼내들었다. 검은 대륙의 영혼들이 눈부신 하늘을 향해 승천하는 듯한 형상의 그림. 그것은 화지아가 서안의 공산당 고위간부 집에서 그리다 만 묵화였다. 나는 얼떨결에 챙겨넣었던 그 그림을 빤히 쳐다보다 다시 접어 넣고는 몇 장의 사진을 꺼냈다. 한 장 한 장 각인하듯 들여다봤다. 주빠에서 난생 처음으로 내게 설명할 수 없는 이상야릇한 감정을 품게 만든 중국인 소녀와 코티샹의 팔짱을 끼고 활짝 웃고 있는 화지아, 그리고 주강에서 찍은 어색하게 웃고 있는 그의 얼굴이 차례로 드러났다. 나는 그 사진을 들여다보며 지난밤 술에 취해 떠들어대던 화지아의 모습을 떠올렸다.

그래, 대륙이 좀 보여? 아유, 깜깜한 자식. 마음을 열어야 할 거 아냐. 그 이면을 파고 들어가 보란 말이야. 날 봐. 보이는 게 다가 아냐. 내가 왜 센터 사람들 돈 떼먹고 니 앞에 다시 나타났는지 알아? 그림 때문이야. 난 그림을 그려야만 해. 명철아, 내가 중국에 온 진짜 이유가 뭔지 궁금하지 않니?

나는 다시 주강에서 찍은 그의 독사진을 자세히 들여다봤다. 그의 표정은 절망에 빠져 있는 것 같기도 하고 형용할 수 없지만 이제는 뭔가 보여줘야겠다는 비장한 각오가 어려보이기도 했다. 아니, 솔직히 알 수 없었다.

이제 얼마 안 있으면 너도 지긋지긋한 학교를 탈출할 독립의 날을 맞겠구나. 축하한다. 아유, 니 젊음이 진짜 하나도 부럽다. 하하. 젠장, 이제 진짜 서른 잔치는 끝났구나. 명철아, 아홉수 조심해라.

불혹을 불과 몇 시간 눈앞에 두고 있는 사내. 이 거대한 땅덩이를 차지하고 앉은 중국이란 나라를 이해할 수 없듯 나는 좀체 그를 이해할 수 없었다. 도대체 그는 어디로 간 것일까. 어느새 사진 위로 굵은 진눈깨비가 내려앉고 있었다. 나는 고개를 쳐들고 최대한 목을 뒤로 젖혀 어두운 하늘을 올려다봤다. 흩날리는 회색 눈발 위로 별 하나 찾을 수 없는 잿빛의 양탄자 같은 밤하늘이 서쪽 저편으로 끝없이 이어지고 있었다. 그는 정말 화신(畵神)이 되기 위해 계림으로 들어간 것은 아닐까. 대륙에서 보내는 스무살의 겨울, 그리고 서른아홉의 마지막 겨울이기도 한 까마득한 밤이었다.

　나는 언제나 글을 쓰고 싶어 한다. 일을 할 때나, 밥을 먹을 때나, 친구들을 만날 때나, 거리를 걸을 때나, 언제나 내 주변에 널려 있는 풍경들을 바라보며 일상을 얘기하는 것을 좋아한다. 하지만 글을 통해 그런 얘기들을 속삭인다는 게 그리 쉬운 일은 아니다. 글을 쓰는 행위가 어려운 탓도 있겠지만, 글을 쓰기 위해 바라보아야 할 사물과 현상들이 내 자신에게는 온전히 보이지 않기 때문이다.

　나와 나를 둘러싼 세계가 분명히 소통을 하고 있는 것은 맞는 것 같은데, 어찌된 일인지 내가 바라보는 세계는 그때그때 모습을 달리하니, 무엇이 변하지 않는 진실인지 헷갈릴 때가 너무 많다. 이 세계가 끊임없이 변하기 때문일까? 아니면 세계를 바라보는 나의 시선이 변덕스러워서 그런 걸까? 나는 스스로 반문해보지만 시원한 해답을 얻기란 힘든 일이다. 이런 시간 낭비라면 낭비일수도 있는 바보 같은 생각 속에서 나는 일상의 이야기를 쓰고 싶었다. 좀 더 긴 세월의 시간과 드넓은 공간 속에서 설명할 길이 없는 뒤죽박죽 엉켜 있는 모순덩어리 인간의 삶을 이야기하고 싶었다.

결국 그러한 복잡하면서도 단순한 내 생각들이 스무 살 애늙은 이 고등학생과 사고뭉치 한량 막내 외삼촌의 낯선 시간 속의 낯선 공간 적응기를 만들어낸 것 같다. 그러나 정해진 틀 속에서 벗어나려 하지만 틀 속에 갇혀 있는 스무살 고등학생 '나'와 자유롭게 멋대로 살아가는 막내 외삼촌 '화지아'는 결국 객체로서 분리된 둘이 아니다. 그들은 주체로서 하나의 인물이다. 입시를 앞두고 고등학교를 무단결석한 채 막내 외삼촌을 따라 해외로 가출한 주인공이 사라져버린 화지아를 찾아 해매는 모습은 결국 무언가 잃어버리고 있는 자신의 또 다른 내면을 찾는 행위와 다르지 않기 때문이다. 그러기에 둘은 결국 세계를 소통하는 하나의 모순된 인간의 몸짓이다. 그들이 비록 중국의 광활한 대륙을 종단하며 소소하고 보잘것없는 그야말로 실없는 짓거리를 하고 다녀도 그들은 말 그대로 세상의 주체인 것이다.

나는 이번 소설 〈오! 마이 차이나〉에 대해 그러한 변명을 하고 싶다. 그저 아무렇지 않게 하루가 지나가는 동안 실없이 웃기도 하고 울기도 하고 화도 내고 동정도 하면서 지나가더라도 돌이켜보면 그 하루가 내 삶에 의미 있는 것이라고. 인간의 삶이란 설명할 수 없이 모순적이지만 그렇기에 살아갈 수 있는 게 아니냐고….

지금 내가 무슨 얘기를 하고 있던 거지? 잠시 숨을 고르고, 마무리할 때가 된 듯싶다. 아무튼 두서없는 상황 속에서도 부끄러운 이 소설을 세상에 내보내는 것은 그러한 뒤죽박죽 인간의 삶을 이야기해보고 싶었기 때문이다. 그리고 덧붙이면 칠십 평생을 투철하게 살다 가신 작은 거인, 자랑스러운 내 아버지께 한 편의 이야기를 들려드리고 싶었기 때문이다. 아니, 어쩌면 내가 아버지를 위해 글을 쓰고 있는지도 모르겠다는 생각을 살짝 하면서 아버지의 영전에 깨끗하고 예쁜 책 한권을 올려 드려야겠다.

이 이야기를 읽어줄 독자들에게는 미안함과 감사의 마음을 함께 전해드린다. 내가 왜 미안하고 감사한 지는 선뜻 설명하기 어렵지만, 소소한 생활 속에 실없는 웃음의 재미를 아는 독자들이라면 충분히 짐작하리라 믿는다.

작가 | 전한서(全瀚書, 본명 전한성(全韓成))

21세기문학 2010년 봄호 단편소설 〈사령死靈〉으로 등단.
단편소설 〈레몬편지〉 발표.
대본작가, 무용극 〈원효〉, 〈제망매가〉 공연.
현재 동국대학교 강사.

한지야, 짜이 날

초판 인쇄 | 2011년 12월 8일
초판 발행 | 2011년 12월 16일

저   자   전한서
일러스트   이상기

책임편집   윤예미

발 행 처   도서출판 지식과교양
등록번호   제 2010-19호
주   소   서울시 도봉구 창5동 262-3번지 3층
전   화   (02) 900-4520 (대표)/ 편집부 (02) 900-4521
팩   스   (02) 900-1541
전자우편   kncbook@hanmail.net

ISBN 978-89-94955-52-0 03810   정가   10,000원

이 도서의 국립중앙도서관 출판도서목록(CIP)은 e-CIP홈페이지(http://www.nl.go.kr/ecip)에서
이용하실 수 있습니다. (CIP제어번호: CIP2011005208)